ALAMEDA SANTOS

Ivana Arruda Leite

Romance

ILUMI/URAS

Copyright © 2010
Ivana Arruda Leite

Copyright © desta edição
Editora Iluminuras Ltda.

Capa
Eder Cardoso / Iluminuras

Revisão
Ana Luiza Couto

(Este livro segue as novas regras do Acordo Ortográfico da Língua Portuguesa.)

CIP-BRASIL. CATALOGAÇÃO-NA-FONTE
SINDICATO NACIONAL DOS EDITORES DE LIVROS, RJ

L552a

Leite, Ivana Arruda, 1951-
  Alameda Santos : romance / Ivana Arruda Leite - São Paulo : Iluminuras, 2009.

ISBN 978-85-7321-313-3

1. Romance brasileiro. I. Título.

09-5598.   CDD: 869.93
                    CDU: 821.134.3(81)-3

27.10.09 04.11.09   015995

2010
EDITORA ILUMINURAS LTDA.
Rua Inácio Pereira da Rocha, 389 - 05432-011 - São Paulo - SP - Brasil
Tel./Fax: 55 11 3031-6161
iluminuras@iluminuras.com.br
www.iluminuras.com.br

Para Camilo Thomé,
que me trouxe de volta pra casa.

A impressão é que nem era ela que falava, mas a xoxota, que vinha de baixo...
Como se fosse a fala de um gravador em que alguém tivesse registrado um texto...
É possível que haja uma fita assim em toda mulher.

Sándor Márai

SUMÁRIO

fita número 1 — 11
1984

fita número 2 — 35
1985

fita número 3 — 51
1986

fita número 4 — 71
1987

fita número 5 — 85
1988

fita número 6 — 97
1989

fita número 7 — 109
1990

fita número 8 — 129
1991

fita número 9 — 147
1992

FITA NÚMERO 1 – 1984

A vocês que estão me ouvindo, meu cordial boa-noite. Espero que estejam todos presentes, que se divirtam e que não tenham paz, nunca mais. Que ninguém inveje a minha sorte nem siga o meu exemplo. Todos vocês falharam. Quando eu mais precisei, não tive ninguém ao meu lado. O telefone toca. Vou dar um stop.

Não era pra mim. Pra variar, era o Genaro querendo falar com o Guto. Pela voz, acho que ele tá péssimo. Também, o Guto trata o coitado tão mal. Eu morro de dó. Sei bem o que é amar uma pessoa que não quer saber de você, dedicar um amor como ela nunca terá, passar todas as horas do dia pensando nela, gastar boa parte do salário em presentes pra vê-la feliz e depois ser tratada como um cachorro sarnento.

Voltando ao assunto que me traz aqui: senhores e senhoras, depois de beber uma garrafa de vinho e comer duas bandejas de salgadinhos, resolvi que o melhor a fazer é colocar um ponto final na minha vida.

Aí um analista amigo meu
disse que desse jeito
não vou ser feliz direito

Belchior tá cantando na vitrola.

Eu ainda não sei como vou me matar. Mas hei de encontrar um jeito. Impossível que nessa casa não tenha algo que sirva pra uma pessoa dar fim à própria vida.

Contando em breves palavras, o que aconteceu foi o seguinte: eu passei o fim de semana em Caucaia, no meu chalé, pensando no Eduardo o tempo todo como, aliás, passei o ano inteiro. Esse ano eu não fiz outra coisa a não ser pensar no Eduardo.

Hoje de manhã eu acordei supertriste, zanzei por lá sem ter o que fazer e resolvi vir embora pra São Paulo. Morta de saudade do Eduardo. Assim que coloquei os pés dentro de casa, liguei correndo pra ele, convidando pra tomar um vinho comigo.

— Oi, tudo bem?

Aquele silêncio.

— Quer vir tomar um vinho comigo?

— Depende. Quando?

— Ah... hoje.

— Hoje não dá.

— Então quando?

— Não vamos marcar. Assim que der, a gente se encontra.

Humildemente, eu abaixei a cabeça e falei:

— Tudo bem. Gravei uma fita pra você.

— É mesmo?

— É. Amanhã eu te levo. Podemos almoçar juntos.

— Amanhã não dá. Outra hora eu passo na sua sala e pego a fita.

— Tudo bem. Então, tchau.

— Tchau.

— Um beijo.

— Outro.

Mais uma vez ele me dispensou, mais uma vez eu me senti sozinha, mais uma vez eu tô querendo me matar por causa desse infeliz.

Fui pra cozinha, abri o vinho que eu tinha comprado pra tomar com ele, esquentei os salgadinhos que eu tinha comprado pra comer com ele e resolvi gravar essa fita, uma fita-testamento contando o motivo da minha morte.

Hoje é domingo, 19 de dezembro de 84, são cinco e pouco da tarde.

Esse foi um dos piores anos da minha vida. Um ano que eu passei atormentada por uma paixão imbecil por um menino imbecil. Uma paixão que não deu em nada, que não levou a lugar nenhum.

Se eu soubesse que daqui um ano estaria dando risada disso tudo que eu tô falando, do meu sofrimento, da merda de vida que eu tô levando, eu aguentaria numa boa. O problema é que eu não sou a mulher maravilha e não tenho paciência pra esperar. E sei que daqui um ano, dois, dez, eu vou estar igualzinha, vivendo neste mesmo inferno, chorando por alguém que não me quer. Se não for o Eduardo, vai ser outra pessoa. Entendeu agora por que eu quero me matar?

Tudo que eu mais queria era esquecer esse cara que não me merece, que só me humilha, ofende e maltrata. Mas quem disse que eu consigo? Ele tá acabando com a minha vida, com a minha pouca vontade de viver. Não consigo mais passar um fim de semana legal, curtindo meu chalé. Um chalé que eu construí do jeito que eu queria, no lugar que eu queria. Nem acho mais graça de ir pra lá. Pra quê?

Pra ficar pensando no Eduardo o tempo todo? Não consigo ler um livro, escrever uma linha, estudar, nada.

Minha sina é me apaixonar por caras que não me querem. Quanto mais problemático, melhor. Depois fico me perguntando por que eu, justo eu, que preciso tanto de alguém, tô sempre sozinha. O que há de errado comigo? Oh, coitadinha de mim... Na verdade, não tem nada de errado comigo. Eu não sou pior nem melhor do que qualquer mulher dessas que têm dez homens aos seus pés. O problema são as minhas escolhas. Eu só escolho o cara errado.

Meu sonho é encontrar um homem que me ame do jeito que eu sou. Aliás, que me ame *justamente* por eu ser do jeito que sou. Um cara que veja as minhas loucuras, as minhas inseguranças, as minhas neuroses e diga: "Era você mesmo que eu queria. Era por você que eu tava esperando". Essa fita vai pra você, meu amor, que vai chegar um dia, tenho certeza.

Aí, no desespero, eu saio pegando o primeiro que aparece. Vou inventando que o meu príncipe encantado é o Eduardo, o Charles, o Miro, o Pedro, o Guto, o Tony, o Zé das Couves. Claro que não é nenhum desses. Tô careca de saber. Mas pra quem tá se afogando, qualquer aceno é aceno, qualquer tábua é a de salvação. Infelizmente, as tábuas onde eu me agarro são podres e mal aguentam a si próprias. Imagina uma mulher que pesa duas toneladas nas costas de um homem.

Eu me sinto completamente oca, um buraco a ser preenchido. Eu sou um vir a ser. É horrível uma mulher de 33 anos, culta, inteligente, que lê jornal todo dia, falar um absurdo desse em pleno século XX. É quase uma doença. Mas é a pura verdade.

O que adianta ir pra terapia, ter um puta emprego, uma filha maravilhosa, um monte de amigos, esbanjar saúde, ter vinho pra beber a noite inteira e o freezer lotado de salgadinho se me falta o principal?

Eu achei que esse ano seria tão bom. Um ano que começou com tantas promessas.

De 83 pra 84 eu passei o réveillon com o Miro, numa festa maravilhosa no Pacaembu. Uma puta mansão. Eu e o Miro no maior dos love. Ele era simplesmente o máximo. Bonito, charmoso, educado, inteligente, o macho mais delicado que eu conheci. Uma inacreditável mistura de delicadeza e sacanagem. A melhor trepada da minha vida.

O cara era psiquiatra em Maceió e veio terminar a pós aqui em São Paulo. Amigo da Carla, ela que nos apresentou. Uma história que tinha tudo pra dar certo. Ele vinha sempre aqui em casa, a gente passava o fim de semana juntos, trepávamos loucamente. Tudo ia às mil maravilhas até que começou a neura. Aí, adeus romance, adeus papos maravilhosos, adeus trepadas alucinantes. Era só cobrança, cara feia, reclamações, encrenca até que ele não aguentou mais e fugiu apavorado. Ninguém precisa de um amor tão grande nem de tanta entrega. É sempre assim, uma hora eles dão um basta e gritam na minha cara: "Sai do meu pé, me esquece". Aí eu fico pra morrer.

Depois do Miro veio o Eduardo. A mesma coisa. No começo, tudo lindo, maravilhoso. A gente se dava super-

-bem, o cara tava super na minha, batíamos altos papos, trepávamos até dizer chega. Aí, um dia eu começo a querer mais e começo a ligar dez vezes por dia, ter ataques de ciúme, fazer mil cobranças e eis-me aqui, sozinha de novo.

Outro dia o Dadá me falou: "Pô, será que você é tão chata que não serve de companhia nem pra você mesma?". Mas a coisa não é bem assim. Por mais interessante, maravilhosa e divertida que eu seja, tem uma hora que eu quero gente de verdade. A vida não é uma punheta. Não há como achar graça em mim o tempo todo. Quero pelo menos ouvir outra voz que não a minha. Quer solidão maior do que passar a tarde falando num gravador pra ouvir a própria voz?

Daqui uns dias é réveillon de novo. Esse ano eu vou passar o Natal e o ano novo no sítio, com meus pais e a família toda. Tenho ido pra lá quase todo fim de semana. Meu chalé é do lado do sítio deles.

De vez em quando o Dadá e o Carlos vão comigo, meus veados maravilhosos, e a gente passa o fim de semana bebendo, cozinhando, nadando na piscininha de plástico, rindo e falando besteira. O Guto, a Márcia e a Carla também vão de vez em quando. Se eu vou sozinha, levo a Olivetti portátil que eu comprei e escrevo o dia inteiro.

O Eduardo foi três vezes. Numa delas, ficou uma semana. Ele tinha sido operado do pinto e pediu pra ficar lá uns dias se recuperando. "Fique o tempo que quiser, a casa é sua". Lotei a despensa de coisas gostosas, deixei ele lá e voltei pra São Paulo. Depois de uma semana, fui buscá-lo. Ele tava feliz da vida, com uma cara ótima. Disse que tinha passado uma semana maravilhosa. Mas bastou eu chegar pro rosto dele voltar à velha expressão e o bom humor ir pras cucuias. Sem mim, a vida dele é uma beleza.

Eu agora tô morando na alameda Santos, dividindo um apartamento com o Guto. Nunca tinha vivido essa experiência. Já tinha morado com meus pais, com o Pedro, com a Gabi, mas nunca com um amigo.

O Guto é um cara superlegal, inteligente, altoastral, divertido e gay, evidentemente. Ele é de Varginha. Se formou em direito e prestou concurso pra Caixa. Entrou um pouco depois de mim. Eu o conhecia de vista, achava ele simpático mas nós nunca tínhamos conversado. Só ficamos amigos depois que eu fui transferida pra seção dele.

No começo do ano eu entreguei a função e pedi pra sair da agência. Sabe lá o que é ser caixa da maior agência da Caixa Econômica? Eu não aguentava mais aquelas filas intermináveis, clientes histéricos, mexer com quantias astronômicas de dinheiro, somar milhões de cheque todo dia, fazer bater cada centavo. Antes que eu ficasse louca de vez, eu pedi pra sair. Meu salário caiu pela metade mas pelo menos agora eu tenho uma vida razoavelmente normal. Fui obrigada a reduzir os meus gastos. Aluguei o apartamento da Barata Ribeiro onde eu morava, que era muito grande e dava muita despesa, e vim pra esse, da Caixa, onde só pago luz e condomínio.

A Caixa tem uns apartamentos que ela cede pros funcionários. Imóveis que ela toma de gente que não paga. A única condição é que você não more sozinho. Tem que dividir com outro funcionário. Pra Caixa é legal porque o imóvel fica ocupado e não corre o risco de ser invadido, e pro funcionário também porque ele acaba morando num lugar legal, num apartamento legal por uma ninharia.

Esse nosso é superpequenininho. Uma sala, dois quartos, cozinha, banheiro e área de serviço. Na sala eu coloquei dois sofás de dois lugares, a mesa de fórmica que eu tinha na cozinha, a escrivaninha, que serve de apoio pro telefone e pra televisão, e uma cama turca que de dia é sofá e à noite é a cama da Nice, a empregada.

A cozinha é minúscula. Não cabem mais de duas pessoas e a área de serviço idem. Ainda bem que a Nice é magrinha. O banheiro é um só pra todo mundo.

Num dos quartos durmo eu e a Gabi, no outro, o Guto. Tive que me desfazer da minha cama de casal porque não cabia. No nosso quarto tem as duas camas de solteiro, um criado-mudo com a tv pequenininha e um armário embutido onde eu e a Gabi guardamos nossas roupas, sapatos, livros, brinquedos da Gabi, lençóis, toalhas, etc. No quarto do Guto não tem armário. Ele guarda as roupas dele numa cômoda e numas malas que ele coloca embaixo da cama. Vivemos os quatro apertados, mas felizes.

O melhor do apartamento é o lugar. Pertinho do Belas Artes, do Munchen, da rua Augusta, da Brasiliense, do Astor. A três quarteirões da Caixa. Vamos a pé pro trabalho.

O Guto já trabalhava nessa seção que eu tô agora. A mesa dele é ao lado da minha. A gente passa o dia batendo papo, fofocando, rindo da cara de todo mundo, falando sobre cinema, livros, televisão. Tudo menos trabalho. À noite ainda saímos juntos. Ele é viciado em cinema, vai três, quatro vezes por semana. Eu vou menos. Fora isso, a gente vai muito ao Café do Bexiga, ao Piu-piu, ao Pirandello e nos bares e boates gays da redondeza. O único lugar que eu nunca fui e que ele adora é o Madame Satã. Não faz a minha cabeça. Eu sou mais MPB.

O Guto é o maior barato. Uma pessoa deliciosa de se conviver. O que não quer dizer que não temos nossos arranca-rabos. E feios! Quando a gente briga é um horror. Quem vê pensa que vai sair tiro. A última vez foi por causa do *Amor à primeira vista*, um filme com a Meryl Streep. Eu interpretei de um jeito, ele de outro. Quando vimos, estávamos aos berros em plena Praça da República com um monte de gente olhando. Um vexame.

No começo, as nossas brigas eram sempre porque eu não me conformava com o fato dele ser gay e tentava por todos os meios fazer dele uma pessoa "normal". Como um cara macho como ele podia ser veado? Eu ficava enchendo o saco dele que a homossexualidade dele era pura fuga, que no fundo ele tinha medo de se relacionar com mulher, medo de se envolver, que ele devia procurar uma terapia etc. etc. O típico papo de mulher que tá a fim de dar pra veado. Ele ficava puto. Nem sei quantas noites passamos nessa discussão. Demorou pra eu me convencer que a vida é dele, o cu é dele e ele faz o que quiser, de um e de outro.

O Guto adora ler. Ele que me apresentou o Caio Fernando Abreu, um escritor que escreve contos geniais sobre gays. *Morangos mofados* é um dos livros mais lindos que eu já li. Ele me deu de presente no meu aniversário.

Por falar em literatura, outro autor que eu conheci esse ano e me apaixonei foi o Júlio Cortázar. Eu nunca tinha ouvido falar dele até que ele morreu e saiu um monte de matéria sobre ele nos jornais. O Eduardo tinha uns livros dele e me emprestou. Eu pirei. O cara é sensacional.

O Eduardo também trabalha na Caixa, mas em outro departamento. Ele é amigo do meu chefe e ia toda hora tomar café e bater papo com o Barletto. Assim que eu vi aquele cara magricelo de cabelo loiro caído na testa, todo despenteado, barba rala, óculos redondinhos de metal, de tênis, blusão do exército, carregando o capacete da moto com cara de poucos amigos eu enlouqueci. "Quem é esse Apolo?", perguntei pro Barletto. "Me apresenta pelo amor de Deus", o que ele fez no dia seguinte. Daí pra frente, o Eduardo chegava e ia direto pra minha mesa. A gente ficava horas conversando sobre literatura, cinema, história, filosofia. Ele entrou num monte de faculdade mas não fez nenhuma.

No dia do meu aniversário eu mandei um bilhete pra ele. A gente se conhecia há pouquíssimo tempo. *Hoje é meu aniversário e eu gostaria de tomar uma cerveja com você. Minha aula termina às dez e meia. Te espero na porta do cursinho.* Assim que eu saí, dei de cara com ele na calçada, encostado na moto, me esperando. Ganhei um beijinho de parabéns e entramos no bar ao lado. Às duas da manhã os garçons nos expulsaram. Eu subi na garupa da moto, agarrei na cintura dele e a gente subiu a Consolação tomando vento na cara. Nessa época eu ainda morava na Benedito Calixto. Na porta do meu prédio eu nem precisei convidar duas vezes. Ele subiu e a gente trepou a noite inteira. Foi maravilhoso.

O Eduardo gosta de mim. Ele me acha uma pessoa interessante, inteligente, gosta das coisas que eu escrevo. Não de tudo. A maior parte ele acha babaquice, principalmente os contos de amores frustrados e paixões não correspondidas onde ele sabe que eu tô falando dele. Tudo que eu escrevo eu mostro pra ele. Ele manja muito de literatura.

Peraí que o Fluminense vai cobrar um pênalti. Hoje é a decisão do campeonato carioca. O goleiro agarrou a bola aos 31 minutos do primeiro tempo. A vitrola tá ligada e a televisão tá muda na minha frente. Em São Paulo o Corinthians já dançou. Nem fomos pra final. Um saco.

A Gabi tá na casa do Pedro e só volta em janeiro. Toda vez é isso. Ela vai passar férias com o pai e eu perco o pé. Essa menina tem o dom de me fazer andar na linha e faz isso muito bem. Sem ela por perto, eu piro e faço uma besteira atrás da outra. Que responsabilidade para uma menina tão pequena!

Se eu pudesse falar alguma coisa agora pro Eduardo, sabe o que eu diria? Eu diria: cara, você é um bosta e nunca vai passar disso. Eu quero mais é que você se foda e que eu me salve, com a minha filha, com meus amigos veados, por que não? Eles me satisfazem muito mais que você. Eles me dão alegria, você só me traz infelicidade.

São 5 pras 6, tá escurecendo e o Guto não chega. Tô ficando com medo. Vou pegar mais vinho. Essa garrafa já era. Vou aproveitar e esquentar mais salgadinho. Meu freezer tá lotado de coxinha, quibinho e bolinha de queijo que eu comprei pra comer com o Eduardo. Você não sabe o que está perdendo.

Se eu tivesse a fim de fazer literatura, essa fita terminaria com um tiro no final. Saio da vida para entrar na história, manja? E olha que eu entraria na história de muita gente. Um suicídio literário, que tal? Esqueçam. Se tem uma coisa que eu não vou fazer é me matar. Minha capacidade de dar a volta por cima é grande *mesmo*. Se assim não fosse, eu já estaria morta há muito tempo. Com as crises que eu tenho, as fossas, as solidões... Eu falo no plural porque são muitas.

Meia hora atrás eu tava querendo dar um tiro na cabeça por causa do imbecil do Eduardo, agora já tô na segunda garrafa de vinho, comendo uma coxinha deliciosa, ouvindo o Lobão e assistindo Fla x Flu. Quer coisa melhor?

Aonde está você
Me telefona
Me chama, me chama, me chama

Já já o Guto vai chegar trazendo aquelas delícias que a mãe dele manda, contando casos hilários dos paqueras que ele tem lá em Varginha, eu vou contar da minha fossa, ele vai me ouvir e dizer pela milésima vez pra eu esquecer esse cara, que ele não me merece, etc. etc. Mais tarde a gente vai pedir uma pizza e amanhã começaremos tudo de novo. É pra isso que servem os amigos: pra fazer a gente acordar viva na segunda-feira e começar tudo de novo.

Acho que eu tô ficando bêbada.

Sinceramente, se eu não tivesse a Gabi até podia ser que eu me matasse, mas com ela é impossível. Eu jamais deixaria minha filha sozinha, sendo criada sei lá por quem.

Já que essa é uma fita-testamento, vou aproveitar pra mandar alguns recados. Charles, querido, você foi uma grande paixão, a maior de todas, mas passou. Hoje, pra mim, você tá morto e acabado. Eu acreditava mesmo que a gente tinha nascido um para o outro, que você era o meu grande amor mas hoje vejo que me enganei. A cada encontro essa impressão se confirma. A bebida tá fazendo de você um cara chato, desagradável. Nem trepar você trepa mais. Vê se para de beber, cara.

Quando eu mudei pra esse apartamento, eu liguei pro Charles. Fazia um tempão que a gente não se falava, eu tava morta de saudade. De vez em quando a gente passa meses sem se falar até que, um belo dia, um dos dois liga e o outro vai correndo. Combinamos de nos encontrar no Munchen. Ele veio todo chique, perfumado, felicíssimo por eu ter ligado.

— Eu ia te ligar por esses dias, juro por Deus — é sempre esse o começo da nossa conversa.

O papo foi ótimo, rimos pra caramba, pusemos as fofocas e as piadas em dia. O Charles é a pessoa que mais me diverte nessa vida. Estar com ele é estar numa festa permanente. Lá pelas tantas, depois do terceiro chopp, eu contei que tava morando aqui do lado com um amigo e perguntei se ele não queria conhecer o apartamento. Ele ficou branco.

— Você casou?

Eu dei risada.

— Imagina. Eu e o Guto somos apenas bons amigos. Aliás, o negócio dele nem é mulher. Ele trabalha comigo na Caixa, é um cara superlegal. Você vai gostar dele.

O fato do Guto ser gay não refrescou em nada. O Charles morre de ciúme de qualquer pessoa que se aproxime de mim. Depois de muita insistência e de eu jurar que na minha casa tinha bebida, ele topou fechar a conta e vir pra cá.

O clima entre ele e o Guto não foi dos melhores. Dois bicudos com o rei na barriga claro que não iam se bicar. Um provocava, o outro revidava. Antes que a "brincadeira" ultrapassasse o limite do suportável, o Guto pediu licença e foi dormir. Eu e o Charles ficamos na sala um tempo e depois fomos pro quarto. A Gabi tava dormindo na casa de uma amiga. Ele tentou transar mas não conseguiu. Foi frustrante. Nunca mais. Esquece.

Pro Miguel eu digo que, infelizmente, não poderei ir à nossa próxima sessão porque estarei morta. Miguel é o meu terapeuta. Eu gosto dele, ele é um cara legal, mas acho que ele não tá mais dando conta do recado. Eu me sinto correndo atrás do meu próprio rabo sem sair do lugar. Se pelo menos os problemas mudassem. Mas não. São sempre os mesmos. Só não paro porque tenho medo de que sem ele a coisa piore.

Guto, querido, pra você eu quero dizer que te conhecer foi a melhor coisa que me aconteceu na vida. Você sabe que eu te amo de paixão. Pena que justo hoje, quando eu mais precisava, você não estava. Se tivesse, na certa não me deixaria ter feito essa besteira que vou fazer daqui a pouco.

Eduardo, você é um blefe, uma farsa que eu finjo acreditar. Só não te desmascarei até agora por dó. Faço de conta que acredito nas mentiras que você conta pra te poupar do vexame. Você é tão babaca quanto qualquer funcionariozinho de merda da Caixa, desses que você tira um sarro o dia inteiro. Seu destino é ter uma vidinha de merda ao lado dessa sua namoradinha de merda. O problema é que você queria mais e tem inteligência pra saber que eu vou chegar onde você jamais chegará. É por isso que você me maltrata desse jeito. Por inveja. Deus me livre de passar a vida sentada numa mesa de bar destilando meu fel, desdenhando a vida que eu não tive. Tô fora. Fora mesmo. Fora pra sempre.

O Flamengo vai cobrar uma falta. Lá vai. Agarrou. Bosta. São 6h46. O jogo tá acabando.

Agora que eu já fui, posso xingar quem eu quiser. Vocês nem têm como revidar. Meu prazer vai ser atazanar a vida de todos vocês por toda a eternidade.

Ah, Pedro, bem que eu gostaria de ter dado uma última trepadinha com você mas agora é tarde. Você tá namorando, feliz da vida, nem se lembra mais que eu existo.

Outro dia a Gabi me chamou pelo interfone pra apresentar a namorada do pai, que também é mais velha que ele.

Quando eu conheci o Pedro ele tinha 20 anos, eu, 22. Ele era o menino mais lindo da turma. Cabelo liso muito preto, olhos pretos, barba preta e pele clara. Um rosto fino de traços delicados. Claro que eu me apaixonei por ele muito antes dele se apaixonar por mim. Na época ele namorava uma menina mas eu nem quis saber. Ligava pro serviço dele convidando pra sair, pegava no pé dele direto, na caradura. Tanto fiz que ele terminou com ela e a gente começou a namorar. Dois anos depois, em dezembro de 75, estávamos casados. Seis meses depois eu já tava pensando em me separar e ele cada vez mais apaixonado. Em março de 80, quando eu falei que queria me desquitar e pedi pra ele sair de casa, ele só faltou morrer.

Eu e o Pedro somos as pessoas mais diferentes que Deus colocou sobre a face da terra. Ele não tem nada a ver comigo, eu não tenho nada a ver com ele. O problema é que quando eu me apaixono eu fico cega e não enxergo a realidade. Com o Eduardo foi a mesma coisa. Eu insisti, insisti, me ofereci pra ele numa bandeja porque achava que ele era o homem da minha vida, que a gente tinha nascido um para o outro. Ele também tem namorada e nunca escondeu isso de mim. Aliás, vive dizendo que gosta muito dela. Mas taí uma coisa que pra mim nunca foi problema. Se eu tô a fim de um cara, tanto faz se ele é casado ou solteiro. Azar o dela.

Às vezes eu passo no Munchen e vejo eles dois lá dentro. Ele parece outra pessoa. Com ela ele é todo carinho, amorzinho, beijinho pra lá, beijinho pra cá, fala baixinho, fica de mãozinha dada, acende o cigarro dela. Comigo, até brochar ele já brochou. Nossa última trepada foi um fiasco. Ele deu uma de gostoso a noite inteira mas na hora agá o pinto não levantou. Bem feito. No dia seguinte, liguei pra seção dele e disse que precisava muito falar com ele. Fomos almoçar no MASP. Depois do almoço, atravessamos a rua e fomos andar no Trianon. Uma hora eu tomei coragem e falei:

— Tá tudo terminado entre nós.

Ele me olhou espantado:

— Tudo o quê, se nunca houve nada entre nós?

E o pior é que ele tinha razão. Eu começo e termino namoros que só existem na minha cabeça. Eu sou uma pessoa absolutamente ridícula.

Tony! Outra paixão enlouquecedora. Eu fui doida pelo Tony. Amanhã é o casamento dele. Eu conheci o Tony antes de conhecer o Pedro. Ele foi meu padrinho de casamento. A gente era grudado. Eu casei e ele não saía da minha casa. O Pedro ia dormir e a gente passava a noite conversando. Ele era o meu melhor amigo, a única pessoa com quem eu tinha coragem de me abrir porque sabia que a gente era muito parecido. A cabeça dele é tão complicada quanto a minha. A do Pedro parecia uma matinê infantil perto da nossa. Logo que eu me separei a gente chegou a ter um casinho. Ele ia comigo pro chalé, a gente passava o fim de semana cozinhando, bebendo, ouvindo música, trepando. Até o dia que ele sumiu. Meses depois eu fico sabendo que ele tava namorando uma japonesa que conheceu na faculdade. É com ela que ele vai se casar amanhã. Que seja feliz na sua vidinha medíocre, com a sua mulherzinha medíocre e a sua penca de filhos de olhinhos puxados. Quero distância dessa gente.

Eu conheci o Tony no Emaús, um movimento da igreja católica onde nós dois trabalhávamos. A juventude católica naquela época se dividia entre os comunistas que estavam na clandestinidade e na luta armada, o pessoal da teologia da libertação que tava na periferia e nas comunidades eclesiais de base e nós, os burguesinhos, que achávamos que íamos mudar o mundo da Lareira, uma escola de madames no Paraíso, sob a liderança do padre Calazans.

Eu passei a década de 70 praticamente dentro da igreja sem fazer ideia do que tava acontecendo ao redor. Drogas, revolução sexual, amor livre, o mundo pegando fogo e a gente lá, cantando e rezando na maior alegria. Em 80, quando eu vi o que tinha perdido, tratei de recuperar rapidinho.

O Tony continua frequentando grupo de oração até hoje, indo à missa, confessando, comungando, cumprindo os mandamentos. Amanhã ele vai jurar fidelidade a sua esposa nipônica até à morte. Azar dele.

Outro que eu não posso esquecer de mandar um beijo é o Otávio. Nós nos conhecemos em 1980, quando eu tinha acabado de me separar. Um dia, lendo o jornal, eu soube de um concurso de poesia falada que a Revista Escrita fazia na Biblioteca Monteiro Lobato. Catei minhas poesias e fui ver qual era. De cara, tirei o primeiro lugar. Foi lá que eu conheci o Otávio, um engenheiro da Poli, poeta nas horas vagas. Um cara superinteligente que manjava tudo de literatura. Filho único, travadíssimo. Tinha sido da Opus Dei e agora era ateu. Apaixonado por Drummond, sabia a obra dele inteira de cor. Solteiro, bonitinho e complicado.

Adivinha. Me apaixonei na hora. Ele vinha sempre aqui em casa, a gente passava a noite bebendo e batendo altos papos, tínhamos altas discussões mas nunca rolou nem um beijinho. Eu escrevia mil cartas declarando o meu amor e nada. Cheguei a escrever pro Drummond reclamando. Uma noite escrevi uma longa carta contando todo o meu sofrimento e mandei pra ele. Em menos de um mês chegou a resposta: "esquece esse seu poeta que é dado à filosofia e não quer saber da vida. Poeta tem que ser gente como a gente...". Eu esfreguei a carta no nariz do Otávio. "Olha aqui, é o seu poeta preferido que tá falando isso". Ele ficou pra morrer. Uma hora eu cansei do Otávio e parti pra outro. Um dia, muito tempo depois, a gente se encontrou na rua. Nos abraçamos na maior alegria e combinamos de jantar juntos. Pois não é que depois do jantar, pra meu espanto absoluto, ele parou o carro na frente da minha casa e começou a me beijar feito um tarado? Finalmente a tão sonhada trepada aconteceu. Antes não tivesse acontecido. Foi a maior decepção. O cara parecia uma britadeira em cima de mim. E pensar que eu quase morri por esse cara. Foi com ele que eu vivi, pela primeira e única vez na vida, a clássica cena de passar a mão pelo travesseiro no dia seguinte e não encontrar ninguém. Na calada da noite, Otávio sumiu sem deixar lembrança nem saudade.

    Outro caso engraçado que aconteceu esse ano foi com o Tércio. Na terça-feira de carnaval, eu e a Carla fomos ao Café do Bexiga e ele tava lá, encostado no balcão. Eu já tava de olho nele faz tempo. Ele era o meu tipo: magrinho, tímido, moreno, cabelo de cachinho, óculos redondinhos.

Nesse dia a coisa rolou e ele veio pra minha casa comigo. Naquela época ninguém voltava sozinho do Bexiga. A Gabi tinha ido passar o carnaval em Lins, com a minha mãe. Tava tudo perfeito. Transamos a noite inteira. De manhã, eu fui trabalhar e deixei um bilhete dizendo pra ele ficar à vontade, que não se assustasse com a faxineira que ia chegar, que a noite tinha sido maravilhosa, que eu esperava repeti-la em breve etc. etc. Às quatro da tarde ele liga pra Caixa, desesperado.

— Minhas roupas sumiram. Já procurei pela casa inteira e não encontrei nada. A minha calça, a camisa, a cueca, as meias, sumiu tudo, até o tênis. Sua empregada deve ter vindo e roubado minhas coisas.

— Imagina! Ela é super de confiança — falei com certeza absoluta. A Dita trabalhava pra mim há muito tempo e nunca tinha sumido um alfinete. Ficamos naquele "foi", "não foi" até que eu tive uma ideia: — Vai na área de serviço e vê se suas roupas não estão lá.

Tava tudo lá, pendurado no varal. Eficiente como ela só, a Dita viu aquela roupa toda jogada pela sala e enfiou tudo no tanque. Até o tênis. Expliquei pra ele onde estava a tábua de passar, o menino teve que secar tudo no ferro. E foi embora com a roupa úmida no corpo. Até hoje não posso olhar pra cara dele que tenho vontade de cair na gargalhada. O apelido do cara virou Pendurado, claro. Ele corre léguas quando me vê.

Esse ano foi o maior agito em São Paulo e no Brasil inteiro por causa da campanha das Diretas. Eu fui aos três comícios que teve aqui: no Pacaembu, na Praça da Sé e no Anhangabaú. No da Praça da Sé eu levei a Gabi. Eu queria que ela um dia pudesse contar pros filhos dela que esteve na maior festa da democracia que este país já viu. Coloquei suco e sanduíche na lancheira dela e lá fomos nós, de blusa amarela na maior alegria. Infelizmente, as diretas não passaram e foi a uma tristeza. O país inteiro de luto nacional. Eu assisti à votação num telão que eles puseram na Assembleia, com a Carla, e quase morri de ódio e vergonha. O clima era de desolação total. De lá nós fomos pro Pirandello e era a mesma coisa. Todo mundo chorando, parecia que tinha morrido alguém. Agora, com a candidatura do Tancredo, as pessoas voltaram a ter esperança. Acho que dessa vez, ainda que indiretamente, vamos ter um presidente da oposição.

Outra grande novidade é que eu voltei a estudar. Sempre me encucou essa história de não ter diploma de curso superior. Que diacho. Hoje em dia uma pessoa sem faculdade não é ninguém. Em maio eu me matriculei no cursinho. Já passei na primeira fase da FUVEST, falta a segunda. Tô rachando pra valer. No começo eu nem sabia que curso prestar. Tava em dúvida entre História, Geografia e Letras. Um dia perguntei pra Carla, que é socióloga, o que fazia um sociólogo. Ela me explicou, eu gostei e decidi prestar Ciências Sociais. De lá pra cá, minha vida virou uma correria. Eu saía da Caixa às seis horas, passava em casa rapidinho pra jantar com a Gabi e corria pro cursinho. Nos fins de semana, me enfiava nesse quarto e passava o dia fazendo exercício de matemática, física, química, biologia. Há dez anos eu não entrava numa sala de aula, desde 74, quando eu abandonei a FAU. Eu tô superanimada. Nos simulados, fico sempre entre os dez primeiros. Agora, com essa história de natal, festa de fim de ano, férias da Gabi e o Eduardo me enchendo o saco, eu não tô conseguindo estudar como devia. Mas em janeiro eu pego firme de novo.

E se em vez de me matar eu matasse o Eduardo, não seria melhor? Daria um tiro na cara dele e acabaria com todos os meus problemas.

Aliás, toda vez que eu penso em me matar esbarro na mesma questão: eu não tenho revólver. Tudo bem que eu posso pular da janela. Chego lá embaixo mortinha. Mas acho muito dramático. Já pensou? O Guto chega e me encontra esborrachada na calçada, com sangue pra todo lado? Nem pensar.

Acabou o jogo. O Fluminense é o campeão carioca de 84.

Guto, presta atenção ao meu último pedido: quero que você ligue pra todo mundo que eu falo aqui: o Eduardo, o Miguel, o Otávio, o Miro, o Tony, a mulher do Tony, o Pedro, o Charles, a Carla, o Dadá, o Carlos, coloque todo mundo sentado na sala, sirva vinho aos convidados e bote a fita pra rodar. Reparem todos na cara do Eduardo. De onde eu estiver, também vou estar reparando. Pelo resto dos meus dias que não terão mais fim, eu estarei reparando na cara do Eduardo. Ele nunca mais vai estar sozinho. Este será o seu castigo. Entre o espelho e a sua cara, eu vou estar. Entre o travesseiro e a sua orelha, eu vou estar. Entre o garfo e a sua garganta eu vou estar. Mordendo a sua língua, corroendo o seu estômago, jorrando pelo seu cu, sou eu, Eduardo, sou eu. Te amo, te amo, te amo.

Por favor, não chame ninguém da minha família. Quando eles perguntarem do que eu morri, você diz qualquer coisa como: não sei, não vi, não reparei.

Quero que a Gabi vá morar com o Pedro. Ele vai cuidar dela muito melhor do que eu. Não conte pra ela que eu me matei. Invente que eu morri de uma doença qualquer. Se ela souber, vai se sentir fracassada na incansável missão de manter a mamãe em pé.

Que todos saibam que a vida foi boa enquanto durou, mas que não seja infinita nunca mais.

O meu chalé eu deixo pro Eduardo, assim como o meu imenso amor. Ele não vai saber o que fazer com nenhum dos dois. Adeus.

FITA NÚMERO 2 - 1985

Alô, alô. Gravando. Hoje é dia 29 de dezembro de 1985, 11 e meia da noite. Acabei de ouvir a fita que gravei no ano passado e quase morri de rir. É muito engraçada. Coitado do Eduardo. Se ele tiver metade das pragas que eu roguei, ele tá fodido.

Ai que vida boa, ô lerê,
ai que vida boa, ô lará
O estandarte do sanatório geral vai passar, vai passar.

A Gabi ama essa música. Ela ouve esse disco sem parar e sabe a letra de cor.

Pois é. Depois de um ano, eu continuo tomando vinho, já tô na segunda garrafa, e falando sozinha. Dessa vez não tem salgadinho mas tem castanha-do-Pará que o Caio deixou aqui. Caio é o novo namorado do Guto. Um amor de pessoa. Eles tão namorando firme já faz um tempinho. Coisa séria mesmo.

Juro pra vocês que eu não tenho mais nada a ver com aquela demente do ano passado que queria se matar porque o carinha que ela tava a fim não queria tomar vinho com ela. Eu tô em outra muito diferente. Tô feliz, tô pra cima, interessada nas grandes questões, questões pelas quais vale a pena pirar e não essas bobagens que só diziam respeito ao meu mísero umbigo.

Não que as fossas terminaram ou a minha vida tenha se tornado um mar de rosas. Nada disso. Eu continuo sozinha, na mesma merda de sempre, querendo me matar. No natal desse ano eu cheguei a pensar nisso. Queria pular da janela de novo. Mas agora eu tô vendo as coisas de um jeito diferente.

Esse lance de registrar o que aconteceu e ouvir no ano seguinte é a maior curtição. No ano que vem, provavelmente, eu vou ouvir essa e morrer de rir de novo por estar de um terceiro jeito. Eu sou muito volátil. Volátil não! Eu quis dizer volúvel. Ato falho. Eu quis dizer que meu estado de espírito muda de hora em hora. Se bem que volátil também faz sentido.

Esse foi um ano completamente vazio de paixões. Eu passei o ano inteiro com o coração batendo no mesmo ritmo. Estranhíssimo. Fazia séculos que isso não acontecia. Foi bom mas agora chega. No ano que vem quero de novo o torvelinho das paixões avassaladoras.

Que fique bem claro que aquele Eduardo de quem eu falava na outra fita nunca existiu. Era tudo coisa da minha cabeça. Eu sou muito louca. Quer dizer, existir ele existe, mas não daquele jeito. Não acreditem numa palavra que eu digo aqui.

Aliás, o Eduardo nem trabalha mais na Caixa. Ele pediu as contas e saiu dizendo que ia abrir um negócio, ganhar rios de dinheiro, fazer e acontecer. Deu com os burros n'água, coitado, e tá na pior. Sem emprego, sem grana e sem saber o que fazer da vida. A namorada tá morando com ele. Eles tão praticamente casados. De vez em quando ele aparece, a gente bebe, conversa, trepa e ele vai embora. A doença passou, graças a Deus.

Quem pintou de novo no pedaço foi o Charles. Por enquanto tá tudo bem, a gente tá no maior dos love. Ontem mesmo ele me ligou superapaixonado, disse que eu sou a mulher da vida dele, a pessoa que ele mais ama no mundo. Depois colocou aquela música do Ivan Lins que ele diz que foi feita pra mim:

Quero sua risada mais gostosa
Esse seu jeito de achar
Que a vida pode ser maravilhosa...

A gente ficou de se ver antes do fim do ano.

Eu tô adorando a faculdade. Passei pro terceiro semestre, aprovadíssima em todas as matérias. O curso é simplesmente o máximo, os professores, a bibliografia, tudo. Eu sou a primeira da classe, a queridinha dos professores. Além das matérias obrigatórias, ainda faço inglês, francês e duas optativas na filosofia. Tesão total. Agora sim eu tô enlouquecendo com coisas que valem a pena. O único problema são as férias. Aí eu caio em depressão profunda e quero me matar. Pra piorar, esse ano ainda teve greve. Mais de dois meses sem aula. Eu queria dar na cara daqueles filhos da puta que ficavam na porta da faculdade me impedindo de entrar.

Agora eu tô vendo as coisas de um jeito muito diferente e percebendo que a realidade é muito mais complexa e profunda do que eu pensava. Tô aprendendo a analisar os processos de maneira global, sabe como é? Hoje eu sei, por exemplo, que essa angústia que me dá todo ano no natal e que me faz querer me matar não é um lance meu. É um lance que vem da sociedade de consumo, passa pelo capitalismo selvagem, pelo desencantamento do mundo, pela Rede Globo e desemboca em mim. Não dá pra ficar achando que é tudo culpa minha. A angústia é um mal social que acomete a todos na pós-modernidade. Claro que existe o perigo de se desconsiderar o indivíduo e ver tudo como uma mera correlação de forças. Nem tanto ao mar, nem tanto à terra. Existe sim a correlação de forças, a infraestrutura determinando a superestrutura, o mercado ditando as normas e comandando as massas, existe a ilusão da ideologia mas também existe o sujeito, que é quem dá sentido a tudo isso. Pra mim, esse negócio de diluir o sujeito na macroestrutura não tá com nada. Eu sou da turma dos que acham que o indivíduo é sim dono da própria história, apesar de todas as determinações sociopolíticas e culturais. Nesse ponto eu fecho com o Weber, mas sei que tem muitas maneiras de se analisar e compreender o mundo, entende?

Hoje, por exemplo, se eu fosse contar as desgraças que me aconteceram este ano, eu começaria pela maior delas: o meu prefeito agora é o Jânio Quadros. Quer desgraça maior? Pois tem. O Tancredo Neves, o presidente que ia redemocratizar o país, morreu antes de tomar posse. Quer mais? O presidente da República é o José Sarney e a inflação esse ano foi de 240%. Entendeu agora por que que não dá mais pra ficar pensando nos problemas do meu mundinho interior?

Eu tô amando antropologia. Nem sabia o que era isso antes de entrar na faculdade. É genial estudar a cultura dos povos primitivos, os hábitos e costumes de civilizações que já desapareceram pra entender a nossa cultura, os nossos hábitos e os nossos costumes. Sacar, por exemplo, que a rigidez das comunidades primitivas não é fruto da incompetência mas uma estratégia de sobrevivência. É o jeito que eles encontraram de resistir à invasão dos "civilizados". No caso deles, o conservadorismo não é atraso nem ignorância mas resultado de um mecanismo altamente sofisticado que faz com que a coisa funcione como um relógio de precisão. Uma puta lição de vida: pra se manter fiel a si mesmo é preciso se fechar e se proteger das invasões dos estrangeiros. Tivesse eu aprendido essa lição antes e não seria essa terra de ninguém que hoje eu sou. Infelizmente, na sociedade atual ninguém consegue se manter em equilíbrio por muito tempo. Até por conta da dialética. Quando você pensa que tá firme e forte numa dada situação aparece uma coisa nova e você cai de boca no chão. Veja o meu caso. Até novembro eu tava ótima, felicíssima com a faculdade, lendo meus livros, fazendo meus trabalhos. Aí chegam as férias, a Gabi vai pra casa do pai dela e a casa cai. Eu sou obrigada a buscar um outro jeito de viver, uma outra organização na minha vida até encontrar um novo equilíbrio e por aí vai. Só que isso não acontece só comigo. Isso é Marx. Tá tudo lá, n'*O Capital*. É só ler. Mas se você quiser saber de verdade o que aconteceu comigo, eu digo: nada. Eu sou movida à paixão. Se eu não tive paixão, não tive nada.

    A Gabi terminou o pré e vai fazer o primeiro ano na Novo Horizonte, uma escola em Pinheiros, travessa da Pedroso de Morais. Ela vai ter que ir e voltar de perua porque não dá mais pra levá-la.

Este ano pra ela foi tumultuado. Em junho a Sônia, coordenadora da escola, me chamou e disse que eu devia colocar ela numa terapia porque a escola não tava dando conta de resolver uns problemas de aprendizado e de relacionamento que ela tava tendo. Eu fiquei pra morrer. Oh, é minha culpa, eu sou uma péssima mãe, onde foi que eu errei? Minha filha é uma desajustada. Aos poucos a Sônia foi me fazendo ver que terapia não é essa tragédia que eu tava pensando, e que é muito melhor consertar as coisas agora do que seguir adiante e ter que resolver mais tarde quando tudo estiver bem mais complicado. Se eu tivesse feito terapia com a idade dela minha vida não seria o que foi. E hoje eu estaria bem mais feliz, tenho certeza. Sorte dela que tem essa chance.

No começo, ela odiava. A Jaqueline tinha me avisado: "Sua obrigação é trazer ela até o consultório. Daí pra frente, deixa comigo. O importante é que você não deixe ela faltar". Eu arrancava ela da cama e levava arrastada. Ela ia com um bico desse tamanho, sentava na sala de espera e lá ficava. A Jaqueline vinha, chamava e ela nem aí. Continuava lendo uma revistinha, fingindo que não era com ela. Ela passou várias sessões na sala de espera até que, aos poucos, ela foi entrando, ficando um tempinho, no dia seguinte mais um pouco e assim foi. Não que ela goste da terapia. Ela sai xingando a Jaqueline de tudo que é nome, mas faz parte do processo.

Agora ela tá com mania de se vestir de viúva Porcina do Roque Santeiro, a novela de maior sucesso no momento. Ela põe minhas roupas, sapato de salto alto, amarra uma toalha na cabeça, enche o braço de pulseiras e fica andando pela casa gritando "Minaaaaaaa". O Guto e o Caio se mijam de rir.

O Caio mora nesse mesmo prédio, no quarto andar. Ele vive aqui com o Guto, janta aqui toda noite, divide as despesas conosco, usa o nosso telefone. Até a empregada é meio a meio. À noite, quando eu tô na faculdade, ele e o Guto ficam vendo *Roque Santeiro* e morrendo de rir com as palhaçadas da Gabi. Os dois estão na maior paixão. Só que, apesar de gays, o namoro deles é supercareta, quase provinciano. Uma coisa que eu aprendi é que ser gay não é sinônimo de ser revolucionário. Você pode dar o cu pra todo mundo e ser tão quadrado quanto seu pai ou seu avô. Uma coisa não tem nada a ver com a outra.

Na esquina aqui de casa abriu um bar superlegal chamado Bar Brasil frequentado por artistas, escritores, políticos, a nata da *intelligentsia* paulistana. No começo eu ia sempre lá, sozinha. Sentava numa mesa, pedia uma cerveja, comia alguma coisa e voltava pra casa. Só que quando eu ia com os meninos o tratamento era muito diferente. Quando eu ia sozinha, os garçons simplesmente me ignoravam, o *maître* passava todo mundo na minha frente, parecia que eu era invisível. Em outras épocas, eu ia achar que isso era um problema meu e voltar pra casa chorando. "Oh, como sou infeliz. Ninguém me ama, ninguém me quer". Hoje eu sei que isso é um lance social que acontece com qualquer mulher que tente sair e se divertir sozinha. Entendeu a diferença? Nessa merda de país em que a gente vive, uma mulher não pode ir sozinha num bar sem ser vista como puta ou como uma pobre coitada que não tem ninguém pra tomar uma cerveja com ela. Aquilo foi me deixando de saco tão cheio que eu parei de ir. Não tô a fim de me machucar. Ainda mais agora que eu tô me achando linda, fiz as pazes com o meu cabelo e tô deixando ele crescer. Ele tá imenso, crespíssimo. Parece um cabelo que sobe da boceta pra cabeça. Comprei óculos novos, superbacanas. Tenho me pintado, usado batom vermelhão, usado perfumes caríssimos. Eles que se fodam. Problema deles, não meu.

O ano que vem acho que vai ser bem animado. Tem Copa do mundo e eleição pra governador. O Montoro deve indicar o Quércia pra disputar com o Maluf. Só falta esse infeliz ganhar. Aí a desgraça ficaria completa. Jânio na prefeitura e Maluf no estado.

Em junho eu fui pra Varginha com o Guto, conhecer a família dele. Eles são superbacanas, moram numa casa deliciosa, eu comi até não poder mais. À noite fomos num barzinho superanimado e eu conheci um monte de amigos dele. No fundo do bar tinha um menino lindo de morrer me paquerando o tempo todo. Uma hora ele me chamou pra sair. Eu entrei no jipe dele, um jipe sem capota, e a gente foi lá pros lado do cemitério. Transar, evidentemente. O povo do interior tem mania de transar atrás do cemitério. Em Lins era a mesma coisa.

Se bem que essa farra de dormir com qualquer um acabou. A aids tá matando meio mundo. No começo eram só os gays mas agora se alastrou pra todo mundo, de todas as idades, raças e classes sociais. Uma epidemia.

Uma doença sem cura que mata mesmo. Pegou, tá morto. Sexo virou um pesadelo. Esse lance de transar cada noite com um, como eu sempre fiz, nem pensar. Só se for de camisinha, caso contrário é suicídio. Ninguém traz escrito na testa: tenho aids. Na Caixa, os veados estão morrendo aos borbotões. Não vai sobrar um pra contar a história. Pergunta se eu já trepei de camisinha algum dia na minha vida. Nunca. Na hora eu nem lembro. Quando vejo, já foi. O melhor é parar de transar. O único sexo seguro que eu conheço. Os meninos tão superassustados. Nas boates gays só se fala nisso. Eu vou sempre com eles. Adoro. O que tem de mulher linda que é sapato, você não imagina. Atrizes, modelos, cantoras. Aquelas supergatas que fazem os homens babarem nas revistas masculinas estão todas lá, fazendo sabonetinho com a namorada. Um dia eu gostaria de trepar com uma mulher. Deve ser legal. Eu bem que tento paquerar com elas mas ninguém me leva a sério.

    Eu vivi uma história engraçada com o Caio, namorado do Guto. Ele é superbonito, tem um sorriso lindo, o rei do charme e da simpatia. Um dia nós três fomos ao Bexiga. Lá pelas tantas, o Guto ficou puto com alguma coisa e veio embora pra casa. Eu e o Caio continuamos bebendo, felizes da vida. Na volta, eu peguei o carro e subi a Consolação. Só que em vez de entrar na alameda Santos, continuei reto e desci a Rebouças. Ele pensou que ia dar uma volta. A gente sempre fazia isso. Antes de voltar pra casa dava um rolê pelo Trianon ou pelo centro da cidade pra ver os michês. Quando eu peguei a Raposo Tavares, ele me olhou assustado. "Pra onde você está indo? Você tá me sequestrando?". Eu dei risada e continuei andando. De repente eu entro num motel. "Você tá louca?", ele me perguntou sem entender nada. Eu parei na portaria e pedi uma suíte. Fui na frente, abrindo a porta, e ele atrás repetindo: "Você é completamente maluca". Liguei o som, tirei os sapatos, sentei na cama e pedi champanhe. O Caio rindo de nervoso mas no fundo achando graça na brincadeira. Champanhe vai, champanhe vem, a gente começou a se beijar, tiramos a roupa e ficamos no maior agarra-agarra. Só não transamos. O resto, fizemos tudo. No dia seguinte pulamos da cama com o sol na cara e voamos pra São Paulo. Combinamos de não contar nada pro Guto. Ele não ia entender e ficaria muito puto. O Caio foi pro apartamento dele e eu pro meu. Assim que abro a porta, quem que eu vejo? O Guto, claro, tomando café, de péssimo humor.

— Onde vocês passaram a noite?

— Por aí, bebendo, conversando — falei sem nem olhar pra cara dele e corri pro banheiro. Liguei o chuveiro e fiquei lá, esperando ele ir embora. Quando saí, ele já tinha ido pra Caixa. Passamos a manhã toda sem trocar uma palavra. Depois do almoço eu sentei na mesa dele e perguntei na maior cara de pau:

— Quer me explicar por que você tá me tratando desse jeito? Que mal tem dois amigos passarem a noite bebendo e batendo papo? Esse seu ciúme é ridículo. Chega a ser doentio.

Sem nem ouvir o que eu tava falando, ele repetiu a pergunta:

— Onde vocês foram?

Tentando dar um ar de naturalidade, respondi:

— Nós passamos a noite num motel.

No começo ele pensou que fosse brincadeira. Quando viu que era sério, quase teve um colapso. Começou a gritar e me xingar de tudo que é nome, xingar o Caio. Eu berrava no mesmo tom:

— Você é um babaca. Você não passa de um matuto do interior. Você quer dar uma de muito avançado mas, no fundo, é tão quadrado quanto seus amigos de Varginha — eu precisava convencê-lo que as pessoas moderninhas da capital costumavam passar a noite num motel bebendo e conversando com seus amigos. Que aquilo era a coisa mais natural do mundo. Claro que eu não contei nada do que tinha rolado. Mesmo assim, demorou pra ele engolir essa história. Ainda teve muita briga por causa desse bendito motel.

Pra provar que eu tava certa, um mês depois eu chamei o Guto pra jantar e depois levei ele pro mesmo motel, pedi a mesma suíte e a mesma champanhe.

— Tá vendo? Foi isso que aconteceu, nada demais — só que o Guto não tem o menor senso de humor. No final da segunda taça, ele tava de saco cheio e pediu pra vir embora.

Estas foram as grandes aventuras sexuais do ano: duas idas ao motel com meus amigos veados.

Uma novidade maravilhosa é que eu ganhei mais uma sobrinha: Ana Laura, a coisa mais fofa do mundo. Linda, gorducha, cabeluda. O Kinzinho tá enciumadíssimo. Se ele já era invocado, imagina como ele tá agora, que não é mais filho único. A Ana Laura nasceu no dia que o Tancredo ia tomar posse: 15 de março. A gente lá no hospital esperando ela nascer e acompanhando a posse do Sarney pela televisão.

A doença do Tancredo foi muito surreal. No começo todo mundo pensou que fosse uma coisa à toa, uma operaçãozinha de nada e logo ele estaria tomando posse. Só que o tempo foi passando e a coisa foi ficando cada vez mais complicada. Foram seis operações e ele só piorava. Era uma agonia. Ele ficou internado no Instituto do Coração, do lado da minha casa. Eu e a Gabi íamos toda hora lá. Na porta do hospital tinha uma multidão que não arredava pé, dia e noite, rezando, cantando, ambulante vendendo tudo que é coisa, o Brasil parou pra acompanhar o martírio do Tancredo. A televisão não falava de outra coisa. Pra onde você fosse, o assunto era: o que diz o último boletim? Ele tá com febre? Sangrou de novo? E a pressão, como está? Os novos medicamentos estão fazendo efeito? Toda noite, antes de voltar pra casa, a gente dava uma passada no Incor pra ver como estavam as coisas, até que no dia 21 de abril nós tínhamos ido jantar numa cantina do Bexiga, eu, a Gabi, o Caio e o Guto, e na volta percebemos um movimento estranho nas ruas. Perguntamos pro carro ao lado e ficamos sabendo que o Tancredo tinha morrido. Fomos direto pro Incor. As pessoas choravam feito criança, nós inclusive. Eu não desgrudei da televisão até a hora do enterro. Parecia que eu tinha perdido um parente querido.

Na faculdade se discutiu muito a morte do Tancredo, a Nova República, o governo do Sarney. Os tucanos dizendo maravilhas, os petistas metendo a boca, dizendo que era uma simples continuação da ditadura. Faça-me o favor.

O karaokê é o programa preferido de dez entre dez paulistanos. Os meninos vão sempre, eu fui uma vez. Cantei *Chuva de prata* com o Caio. Nós dois achando que estávamos arrasando e o Guto morrendo de vergonha na cadeira. Ah, e o videocassete é a nova mania nacional. Não tem uma casa que não tenha videocassete. Até eu troquei minha televisão pequenininha branco e preto por uma colorida pra ver filmes no videocassete. Sexta-feira a gente passa numa locadora que tem aqui perto e aluga dez, doze filmes pra assistir no fim de semana. Sessão corrida de sexta a domingo com pipoca, café, cerveja e pizza. É o maior barato. Tô vendo filmes que pensei que nunca mais fosse ver: *Laranja mecânica*, *Blade Runner*, *Querelle*, *A mulher do lado*, *Julie e Jim*, *O discreto charme da burguesia*, *Gritos e sussurros*.

Eu tô perdido
Sem pai nem mãe
Bem na porta da tua casa

Eu amo o Cazuza. Só não concordo quando ele diz:
Raspas e restos me interessam.
Raspas e restos não me interessam.
Mentiras sinceras me interessam.
Estas sim, me interessam e muito.

Eu acabei vendendo o meu chalé. Ele vivia fechado, eu quase não ia mais pra lá. Mas o motivo principal foi a grana. A situação tá muito preta pra todo mundo. As pessoas tão na maior dureza. O pouco que a gente ganha, a inflação leva embora. Não sobra um puto no fim do mês.

Esse ano eu briguei muito com o Pedro por causa de grana. Quando a gente se separou, eu ganhava superbem e dei uma de bacana. Disse que não precisava de um tostão dele. No fundo, eu fiz isso por culpa. Não achei justo mandar ele embora de casa e ainda pedir dinheiro pro coitado. Idiotice total. Lei é lei e pai tem que dar pensão pro filho e ponto final.

Eu me segurei quanto pude até que não dava mais pra bancar as minhas despesas e as da Gabi. Afinal, ele é pai e tem que participar. Quem disse que ele queria? Tive que contratar advogado e abrir processo pra ele pagar pensão pra própria filha. No dia da audiência, os meninos foram comigo. Foi patético. Numa ponta do corredor, o Pedro e o advogado dele, na outra, eu, o meu advogado e os meus dois guardiões. O juiz me deu ganho de causa e ainda passou o maior esculacho no Pedro por ele nunca ter pago nada. Agora, todo mês ele deposita um dinheiro na minha conta. Uma mixaria, mas deposita. E reclama porque a escola é muito cara, a terapia é bobagem, a natação pode ficar pra mais tarde, etc. etc. Se ele tivesse desempregado ou ganhando pouco, vá lá. Mas ele passou no concurso do Banco do Brasil e tá com um ótimo salário. Só que mesmo com a pensão do Pedro eu preciso do dinheiro do chalé e do aluguel do apartamento da Barata Ribeiro porque o meu salário não dá.

O Charles mudou pra Granja Viana. Tomara que a Tereza deixe a gente se encontrar antes do final do ano. Ele continua bebendo feito um gambá. Em novembro, quando ele soube que o Jânio tinha ganho a eleição, meteu a mão numa porta de vidro da casa nova e rompeu todos os tendões da mão direita. Pra um dentista não podia ter coisa melhor. Acabou a carreira dele. Ele já fez duas operações, tá fazendo fisioterapia mas não é certo que recupere os movimentos. Agora que ele passa o dia bebendo mesmo. Tem o álibi perfeito. "Eu tô aleijado. Não posso mais trabalhar".

A Tereza traz ele todo dia pra São Paulo pra fisio, que é na Rebouças, pertinho da minha casa. Ela deixa ele lá e vai embora. Assim que termina a sessão ele vai pro Bar Brasil ou pro Munchen e me liga para eu ir encontrá-lo. A gente passa a tarde juntos, bebendo e conversando. Se eu fico muito bêbada e não dá pra pegar a estrada, ele dorme aqui. De manhã, a Tereza apanha ele num bar das imediações. Ele diz que passou a noite com uns amigos. Se eu tô legal, levo ele pra Granja e deixo ele na esquina da casa dele pra não correr o risco de ser vista por ninguém. Caso a gente brigue e eu me recuse a levá-lo, o que não é raro, ele liga pra Tereza e ela vem buscá-lo a hora que for.

Como veem, a minha vida tá meio confusa por causa do Charles, do Pedro, da Gabi, da falta de grana, mas nem por isso eu tô querendo me matar. Pelo contrário, quero mais é ser feliz, cada vez mais.

A esperança é um dom
Que eu tenho em mim
Eu tenho sim

Quero continuar bebendo meu vinho, comendo minha castanha-de-caju, gravando minhas fitas, trepando de vez em quando, assistindo a filmes com os meninos, vendo minha filha crescer. É isso que eu quero: viver a loucura sem sofrimento. É quase um milagre mas é o que eu peço.

Putzgrila, já são duas horas da manhã e eu ainda tô falando. Chega. Tô com sono. Deixo vocês na companhia de Caetaninho. Feliz ano novo.

Tenho um sonho em minhas mãos
Amanhã será um novo dia
Certamente eu vou ser mais feliz.

FITA NÚMERO 3 - 1986

Hoje é dia 28 de dezembro de 1986, domingo, 2 e meia da tarde. Eu tô tomando café no sofá da minha casa e gravando essa fita depois de comer uma deliciosa picanha com fritas no Bar das Putas. Finalmente eu tô numa casa só minha com plantas, panelas, frutas, verduras. Ambiente totalmente familiar. Eu e a Gabi voltamos a morar sozinhas. Pra variar, ela tá na casa do Pedro. Só que dessa vez eu não pirei. Tô calma, normal. Este ano eu já esgotei a minha cota de piração.

Desta vez eu não tô naquela fossa catacúmbica de 84 nem na euforia juvenil universitária de 85. Muita coisa mudou na minha vida, mas outras continuam iguais. Outro dia eu escrevi não sei onde que a minha vida parece o ensaio de uma peça que não estreia nunca.

Esse foi um ano de grandes desastres mundiais, Challenger, Chernobyl. Mas por aqui também voou tudo pelos ares.

No dia quatro de maio, um domingo depois do feriadão do dia do trabalho, eu tomei três lexotans com uísque. Minha vida tava uma loucura tão grande, eu tava tão pirada que eu quis morrer de verdade. Era melhor morrer do que viver como eu tava vivendo. No dia seguinte acordei ótima e mudei um monte de coisa na minha vida.

A primeira coisa que eu fiz foi ir pra um lugar bem longe esfriar a cabeça e pensar no que fazer. E o lugar mais longe que me ocorreu foi Lins. Liguei prum primo que mora lá e perguntei se eu podia passar uns dias lá. Eu e a Gabi. Ele disse que sim, claro. "Fica o tempo que quiser." A Gabi levou um susto com aquela viagem tão repentina. Principalmente quando eu falei que ela não podia contar nada pra ninguém. "A gente vai fugir?" Eu falei que não, que era por pouco tempo, que eu tava precisando colocar as ideias no lugar. "E a minha escola?", ela perguntou. "Você vai ter que faltar uns dias mas depois você recupera." Pra ela, foi a maior aventura.

O Charles tava na minha casa desde o dia primeiro, bebendo e brigando sem parar. Depois de quatro dias eu não aguentei e tomei três comprimidos pra morrer de uma vez.

Na segunda de manhã, quando a Tereza veio buscá-lo e viu as malas, perguntou pra onde eu tava indo. Eu falei pra ela que tava esgotada, que não aguentava mais e tava indo pra Lins pra resolver a minha vida. Ela me deu toda razão e me levou na rodoviária. Ela e o Guto. Os dois ficaram na plataforma até o ônibus ir embora.

O Luiz Antonio e a Nati me receberam superbem. Não fizeram nenhuma pergunta, me cercaram de carinho, comida boa, banho de piscina, sol e conversas sobre amenidades. Era tudo que eu precisava. Três dias depois, quando falei que vinha embora, eles levaram um susto.

— Já? Pelo jeito que você falou no telefone, nós pensamos que você ia passar um mês pelo menos.

Eu já tava com tudo decidido, louca pra chegar em São Paulo e tomar as primeiras providências. A primeira foi terminar meu caso com o Charles. Eu não queria olhar pra cara dele nem ouvir a voz dele nunca mais. Antes de viajar eu já tinha deixado uma carta pedindo que ele me esquecesse e nunca mais me procurasse. Graças a Deus, ele atendeu o meu pedido e a gente nunca mais se viu desde esse dia. De vez em quando o telefone toca e eu sei que é ele que tá mudo do outro lado da linha, mas eu desligo antes que ele abra a boca.

Pra não dizer que nunca mais nos vimos, um dia eu fui ao Bar Brasil com os meninos e ele tava lá com uns amigos. Assim que eu dei de cara com ele, pedi pro Guto trocar de lugar comigo e fiquei de costas. Quando fui embora, ele não estava mais. Mas tinha deixado alguma coisa no para-brisa do meu carro. Era um maço de Advance vazio. Um cigarro que só nós dois fumávamos e que nem existia mais. A gente era doido por esse cigarro. Quando soubemos que ele ia sair de linha, lotamos o freezer de Advance. Só que, nessa altura, o meu estoque já tinha acabado. Pelo visto, o dele ainda não. Filho da puta. Além de me fazer lembrar dele, ainda me fez lembrar do cigarro que eu mais amei na vida.

Retrocedendo. Depois do acidente da mão no final do ano passado, ele vinha quase todo dia pra São Paulo. Eu chegava da Caixa, ele já tava na sala da minha casa tomando cerveja, sem camisa, brincando com a Gabi, conversando com os meninos. O Caio ainda achava graça nas palhaçadas dele mas o Guto nunca teve muita paciência. Até porque o começo do porre era sempre lindo maravilhoso. O Charles conta casos como ninguém, as pessoas se esbaldam de rir com ele, mas o fim é totalmente imprevisível. Tanto ele pode continuar sendo a pessoa mais agradável do mundo como pode se transformar no cara mais grosso, agressivo e insuportável que você já teve o desprazer de conhecer. O Charles é totalmente esquizofrênico. Sóbrio ele é um cara todo fino e educado, quando bebe vira um monstro e agride as pessoas que ele mais ama. Tudo depende de como a bebida desce. Se desce legal, você vai ouvir os maiores elogios e declarações de amor que jamais ouviu. Se descer atravessada, sua noite vai ser um inferno e você vai ser humilhada e ofendida como nunca foi.

Os garçons dos bares aqui perto não podiam nos ver chegando que pulavam na nossa frente de braços abertos: "Já estamos fechando". Nós éramos o casal pentelho que fazia eles perderem o ônibus de volta pra casa. E sempre com grandes escândalos.

Um dia a gente foi num show da Alaíde Costa no Terceiro Whisky. Um lugar superpequenininho, ela cantando aquelas musiquinhas com aquela vozinha sumida dela e nós dois no maior dos papos, nem aí pra ela. Uma hora ela parou de cantar e pediu com toda delicadeza:

— Será que daria pra vocês dois irem brigar lá fora? Eu não tô conseguindo encontrar o tom da melodia.

A gente caiu na gargalhada porque aquilo não era uma briga. Era o tom da normal da nossa conversa. Pedimos desculpas e calamos a boca putos da vida. Ela podia ser ótima, mas não chegava aos pés da conversa que a gente tava tendo.

Outra vez foi no Bar Brasil. O Charles pediu champanhe pra comemorar não sei o que. Na hora do brinde nós batemos as taças com tanta força que elas se espatifaram. O garçom veio, limpou tudo e trouxe outras taças que nós quebramos de novo! Descontrole total.

Eu vou falando e vou lembrando das loucuras. Show da Rosa Maria na boate do Maksoud. Eu com uma baita tosse, atrapalhando todo mundo. O Charles chamou o garçom e pediu pra ele trazer um licor caríssimo que eu nem lembro o nome. Depois da terceira dose, a tosse sumiu completamente. Ele no uísque, a noite inteira. Na hora de pagar a conta, eu não acreditava no que tava vendo. Tinha dado exatamente o meu salário por um mês de trabalho. Inconformada com aquele absurdo, eu falei que ele não ia pagar aquela conta de jeito nenhum.

— Como não vou? Por acaso você pretende lavar louça na boate?

Eu tirei o talão de cheque da mão dele.

— Deixa que eu preencho.

— O que você tá fazendo? — ele perguntou. Coloquei a quantia que tinha dado com todos os zeros e assinei como se fosse a Tereza. A conta deles era conjunta. Em seguida expliquei: o banco não vai pagar essa assinatura, você diz que o cheque foi roubado e pronto.

Que ideia mais cretina. Nem parecia que eu tinha sido caixa de banco. Fomos embora felizes da vida achando que tínhamos dado o golpe no Maksoud. Na manhã seguinte, a Tereza apareceu na minha casa morrendo de rir.

— Me ligaram do Maksoud dizendo que um casal muito estranho deu um cheque meu ontem na boate e eles tavam querendo confirmar.

— Como eles te acharam? — perguntei sem entender onde um plano tão perfeito como aquele tinha falhado.

— Na lista telefônica. Foi simplíssimo.

— E o que você disse?

— Que provavelmente aquele casal estranho era o meu marido e uma amiga maluca dele que deve ter feito o cheque por engano pensando que era o talão dela. Fui até lá, rasguei o cheque e fiz outro. Vocês são muito ridículos.

E quando a gente cismou de fazer um show de carnaval?

Uma tarde a gente tava ouvindo o disco do Canecão quando tivemos a ideia de fazer um baile à fantasia.

Os meninos tavam viajando mas eles sempre deixavam uma chave comigo. Eu desci ao apartamento do Caio e peguei umas fantasias que eles tinham usado no Carnaval do Rio. Um short de lamê dourado e uma pala redonda ao redor do pescoço. Na cabeça uma tiara dourada. Escravo egípcio estilizado. Eu fiquei com a do Caio e dei a do Guto pro Charles. Só que eles são o dobro do nosso tamanho. Sobrava roupa pra todo lado. Meus peitos ficaram totalmente pra fora. Mesmo assim, a gente tava se achando o máximo.

— Vamos chamar o Hugo pra assistir?

Nós dois fazíamos a festa sozinhos mas se tivesse plateia era melhor. Geralmente a gente ligava pra primeira pessoa que viesse à lembrança convidando pra ver o espetáculo. Se a pessoa já nos conhecesse, ela inventava uma desculpa e caía fora. Mas se não soubesse do que se tratava, vinha correndo no maior entusiasmo. Coitado do Hugo. Foi obrigado a ficar vendo dois idiotas vestidos de escravos egípcios cantando e dançando na sua frente por mais de uma hora. Na primeira brecha, ele disse que tinha um compromisso e saiu correndo. Depois desse dia nunca mais nem atendia os telefonemas do Charles. A Tereza era a nossa espectadora mais fiel. O Guto e o Caio, depois do segundo show, também não queriam mais saber. Nem a Gabi e o Felipe, o filho do Charles, aguentavam nossas palhaçadas.

A faculdade, nessa altura dos acontecimentos, eu já nem lembrava que existia. Com tanto show pra fazer, tanto bar pra ir, tanto porre pra tomar, imagina se eu ia querer ir pra USP, naquela lonjura, naquela escuridão, ouvir um cara chatérrimo falar sobre coisas chatérrimas que não me interessavam minimamente. Esquece.

Na sexta à noite eu ia pra Granja e só voltava segunda de manhã, correndo pra bater o cartão de ponto na Paulista antes das nove. Cansei de trabalhar de porre porque não dava tempo de destilar. Ia recuperando a sobriedade aos poucos, ao longo do dia, na base do café com coca-cola.

E quando o Mauro pintava no pedaço? Aí a coisa era braba. Por mais que o Charles jurasse que eles tinham terminado, eu nunca acreditei nesse papo furado. O Mauro vivia na casa do Charles. Era praticamente um membro da família. Melhor dizendo, um empregado da casa. Fazia as vezes de motorista, faxineiro, jardineiro, cuidador dos cachorros, pagava as contas, fazia supermercado e nas horas vagas chupava o pau do patrão. Pra Tereza, era uma mão na roda. Ela tinha um homem ao seu dispor pra fazer todo o serviço que o marido não fazia e ainda podia viajar sossegada porque o Mauro tomava conta da casa e do Charles.

O Charles conheceu o Mauro no Bexiga, num boteco onde ele era garçom. Um mulato bonitão, rapaz pobre sem eira nem beira que, de repente, começou a frequentar os melhores restaurantes, vestir roupa de grife e passar férias na Barra do Una, na Praia Vermelha, lugares onde ele nunca sonhou colocar os pés.

Aliás, o Charles tem tara por garçom. Não pode ver um bonitinho que cai matando. Quantas vezes, ele não passou bilhete pros meninos do Bar Brasil na minha cara. Depois dizia que eu era paranoica e tava vendo coisas.

Na vida do Charles, cada um tem seu papel muito bem definido. Eu sou a amante cabeça, a mulher inteligente com quem ele gosta de conversar, a que indica livros, filmes, e a única que consegue ser mais louca que ele. A Tereza é a esposa e mãe do filho dele, a que põe ele no colo quando ele chega em frangalhos e paga as loucuras que ele faz na rua. E o Mauro é com quem ele faz sexo depravado com muita porrada e murro na cara. Sexo, pro Charles, sempre foi uma coisa suja, grotesca e ridícula. Uma atividade na qual ele não vê nenhum sentido. Por isso ele sempre tem um veado por perto. Pra satisfazer o seu instinto animal com quem merece. O Mauro é a privada que ele usa pra se "aliviar". Se um de nós reclama, ele canta o refrão: "É só um jeito de corpo, não precisa ninguém me acompanhar". Os três morremos de ódio e ciúme um do outro.

Quando ele viajava com o Mauro, eu e a Tereza ficávamos putas. Quando ele passava mais tempo com a Tereza, eu e o Mauro nos mordíamos de ódio. Quando ele vinha pra minha casa e ficava aqui três, quatro dias, os dois ficavam pra morrer.

Às vezes o Mauro tinha a cara de pau de bater na minha casa. Eu tava lá com o Charles na boa, o porteiro ligava dizendo que um tal de Mauro tava querendo subir. Eu ficava possessa.

— Não deixa esse veado subir de jeito nenhum. Põe ele na rua. Já.

Desligava o interfone e berrava com o Charles:

— Na minha casa essa bicha não entra. Se você quiser falar com ele, trata de descer e falar com ele lá embaixo. Aqui ele não sobe.

Às vezes ele descia, às vezes ficava xingando lá de cima, da janela. Um dia o Charles ficou tão puto que tacou todos os meus copos de cristal pela janela. Uns copos lindos que eu tinha ganhado de presente no meu casamento. O asfalto da alameda Santos ficou coberto de caco de vidro.

O Mauro e a Tereza faziam de tudo pra me afastar do Charles. Era ele chegar na minha casa e começavam os telefonemas. Ou o Felipe tava com febre, ou a empregada tinha feito não sei o quê, ou um dos cachorros tinha quebrado a perna. Sempre acontecia alguma coisa que obrigava ele a ir embora. O Charles ficava desesperado: "Pô, parece castigo". Um dia o Mauro ligou dizendo que o Panda tinha quebrado a perna. Por mais que eu dissesse que era mentira, que o Mauro devia estar inventando aquilo só pra ele ir embora, ele não sossegava. Tive que pegar o carro e levar ele pra Granja. Uma hora depois ele ligou:

— Você tinha razão, o Panda tá ótimo, não quebrou perna nenhuma. Em compensação, eu quase matei o Mauro de porrada.

As brigas dos dois destruíam a casa inteira.

Na terapia, eu pedia pro Miguel me fazer esquecer o Charles. Dizia que tinha terminado tudo, que dessa vez era pra valer, mas dois dias depois tava desesperada procurando ele pela cidade. Será que ele morreu? Será que aconteceu alguma coisa? Será que ele tá bem? Enquanto não encontrasse e não fizesse as pazes, não sossegava.

Um dia eu tava com tanta saudade que fui na clínica onde ele fazia fisioterapia e fiquei esperando ele chegar. Depois de um tempo eu encanei que ele podia estar lá em cima, se escondendo de mim. Subi a escada e fui abrindo cabine por cabine chamando por ele. Imagina o susto dos pacientes. Você lá deitado, fazendo sua fisio, entra uma louca procurando um tal de Charles. Assim que a enfermeira me viu, me pegou pelo braço e me levou escada abaixo. "A senhora não saia daqui. O primeiro andar é só para os pacientes". Quando o Charles chegou e soube o que eu tinha feito, quase morreu de rir. "É por isso que eu te amo."

Nossa vida era uma loucura total. Menos na cama. A gente fazia tudo que duas pessoas que se amam fazem: bebia, conversava, ouvia música, ria, chorava, menos trepar. Coisa raríssima de acontecer. Quando acontecia, era uma frustração. Eu dizia que a culpa era dele, ele dizia que era minha.

    Conheço o Charles desde que eu tinha 8 anos e ele 11. Ele foi o meu primeiro amigo quando mudei pra São Paulo, em 1958. Desde então somos apaixonados um pelo outro. Ele casou duas vezes, eu, uma. Eu fui madrinha dos dois casamentos dele, ele foi padrinho do meu. Ele teve um filho, eu tive uma filha. Minha noite de núpcias foi na cama dele. Nessa época ele era casado com a Taís e eles ofereceram o apartamento pra nossa primeira noite. Deixaram tudo arrumado, flores, champanhe, lençol de seda. Eu e o Pedro perdemos a virgindade na cama do Charles. Nós quatro não nos desgrudávamos. Logo depois, ele e a Taís se separaram e ele casou com a Tereza, uma ex-colega de faculdade que sempre foi louca por ele. E, de novo, nós quatro não nos desgrudávamos. As crianças cresceram juntas. O Felipe e a Gabi têm praticamente a mesma idade. Só que, até então, minha paixão era totalmente platônica. Eu achava ele o máximo, um cara superdivertido, inteligente, adorava conversar com ele, mas, pra mim, isso não tinha nada a ver com tesão nem com porra nenhuma. Era só amizade. Meu casamento com o Pedro ia muito bem, obrigada. Demorou pra eu perceber que era ele que eu amava, que era por ele que eu tinha tesão, que era ao lado dele que eu queria viver. Assim que percebi, tomei a única decisão que me competia tomar: contei tudo pro Pedro e pedi a separação. Quando contei pro Charles ele não ficou minimamente surpreso.

— Tô careca de saber. A gente se ama desde o dia que se conheceu. Você é a mulher da minha vida, minha única paixão verdadeira — falou tudo isso e que decisão tomou? Nenhuma. Continuou na casinha dele, levando a vidinha dele, ao lado do filhinho e da mulherzinha dele. A única diferença é que nós nos tornamos amantes. Quando a Tereza soube, ela fez o Charles terminar tudo comigo e me riscou definitivamente da vida dela. Claro que a gente não terminou mas nós duas nunca mais nos falamos até a Semana Santa desse ano.

O Charles tava dormindo aqui em casa, toca o telefone. Era ela com a voz mais natural do mundo.

— Oi, tudo bem? O Charles tá aí?

Meu coração só faltou sair pela boca.

— Ele tá dormindo. Você quer que eu acorde?

— Não precisa. Só diz que eu liguei. Um beijo.

Eu chacoalhei o Charles na hora.

— Acorda, pelo amor de Deus. Adivinha quem ligou. A Tereza.

Ele sentou na cama e ligou pra ela. Depois virou pra mim e falou pra eu me aprontar que a gente ia almoçar na Granja.

— Você tá louco?

— Não tô não. Chega dessa palhaçada de ficar de mal. E anda logo que eu tô com fome.

Eu sabia onde era a casa. Já tinha levado o Charles milhões de vezes mas nunca tinha entrado. A Gabi foi junto. Assim que eu parei o carro, a Tereza veio nos receber no portão e nós nos abraçamos na maior emoção. Choramos, as duas. A Gabi e o Felipe sumiram pelo quintal.

Por dentro a casa era mais bonita do que parecia. Muito bem decorada, quadros, gravuras e objetos de arte por todo canto, tapete persa sobre o chão de lajota, espelho de parede inteira na sala de jantar, móveis maravilhosos, tudo de muito bom gosto.

O almoço foi servido no terraço, onde passamos a tarde conversando, ouvindo música e bebendo com crianças e cachorros trançando entre as nossas pernas. Dormi lá e só voltei pra casa no domingo à noite.

— Quer dizer que você passou o fim de semana na casa da mulher do seu amante? Sinceramente, não sei qual dos três é o mais louco — o Guto comentou sem acreditar no que tava ouvindo.

A Tereza acabou conhecendo os meninos, com quem se deu muito bem. Mesmo quando eu não tava em casa, ela vinha pra cá e passava a tarde com eles no maior papo.

Quando o Halley passou por São Paulo, ela fez um jantar e chamou todo mundo. "O céu aqui é mais limpo. Vai dar pra ver melhor." Lá fomos eu, a Gabi, o Guto e o Caio pra Granja esperar o cometa passar. A noite foi ótima. Jantamos, bebemos, cantamos, mas cometa que é bom, ninguém viu. Um fiasco. O Guto e o Caio não entendiam como uma mulher tão normal e bacana como ela podia ser casada com um cara tão maluco como o Charles. Assim como não entendiam como uma mulher tão maluca como eu podia ser amante de um babaca como ele.

Na verdade, a decisão da Tereza de reatar a amizade e me levar pra dentro da casa dela foi muito esperta. Era o jeito que ela tinha de nos controlar. Eu ia pra lá e o Charles não vinha pra cá, nem guiava o carro dela bêbado pela estrada, nem gastava o dinheiro dela em restaurantes, nem ligava para ela vir buscá-lo de madrugada. Além disso, quando ele tava comigo, os porres não eram tão grandes nem terminavam em pancadaria, o que costumava acontecer quando estavam só os dois. Se ele extrapolasse, a Tereza pegava as crianças e vinha pra São Paulo, enquanto eu ficava na Granja com ele. Ela cuidava da minha filha, levava ela pra tomar sorvete, passear no shopping, e eu cuidava do porre do marido dela. À noite ela ligava pra saber como estavam as coisas. Se o Charles ainda tivesse muito mal, ela dormia na alameda Santos e só voltava no dia seguinte. Eu esperava ela chegar, passava o plantão e corria pra Caixa.

Comigo o Charles nunca facilitou. Ele sabia que no menor vacilo eu vinha embora e deixava ele sozinho. Chegava em casa morta de remorso, tomava um café e voltava pra lá. Cansei de pular o portão porque quando eu chegava de volta ele tava no décimo sono e não ouvia a campainha. Eu passava o dia ao lado do telefone esperando ele ligar. A qualquer hora do dia ou da noite eu tava sempre pronta pra socorrê-lo. Só que eu também bebia. E muito. Às vezes eu guiava tão bêbada que tinha que dirigir com uma mão e tampar um dos olhos com a outra pra enxergar uma estrada só na minha frente. Eu andava pela Raposo feito louca com meu fusca caindo aos pedaços. Só não morri por milagre. O Charles não tinha a mesma coragem que eu pra guiar bêbado. Ele preferia entrar no primeiro motel e me ligar. "Oi, tô aqui no Moon Light, ou no Serenade. Vem pra cá." Difícil era entender o nome do motel. Quando eu chegava, tinha que esmurrar a porta ou enfiar a cabeça naquela janelinha de servir coisas até ele acordar.

Um dia ele me ligou dizendo que tava no Erotic e que tinha uma surpresa pra mim. "Vem pra cá imediatamente." Santos Deus, que surpresa faria valer a pena eu sair da minha casa no meio da noite e pegar a estrada num frio de doer? Assim que cheguei ele foi pro banheiro e voltou de lá segurando uma gaiola com um papagaio dentro.

— Esse é o Francisco. Acabei de comprar. Não é o máximo?

Um papagaio. Se eu soubesse, não teria ido. Passei a noite sob a vigilância arregalada do Francisco. No dia seguinte levei os dois pra Granja. De longe, ao ver o Charles indo a pé pra casa dele com a gaiola na mão, tive muito dó de mim.

Só sei que, de tanto viver nessa correria e confusão de bebida e brigas, eu pifei. Comecei a ter uma dor horrorosa no estômago, tontura, tremedeira, uma vontade louca de chorar que não passava. Fui ao médico e ele me disse que eu tava com estafa. É a doença da moda. Até o Ulysses Guimarães tá com estafa. Me deu umas vitaminas e uma semana de repouso. Eu fui pra casa mas não repousei porra nenhuma. Continuei no mesmo ritmo até que no dia 4 de maio eu quis acabar com tudo, tomei os três lexotans, não morri e fui pra Lins completamente estafada.

Quando voltei, além de terminar com o Charles, eu decidi sair da alameda Santos. Não dava mais pra continuar naquele apartamento. Aquilo parecia uma república, um entra e sai o dia inteiro, festa, música, bebida, maconha. Eu precisava de um canto pra voltar a ter uma vida normal com a minha filha. O Guto entendeu perfeitamente, até porque ele também tava cansado daquela zona.

Tô morando num apartamento do BNH da Vila Madalena, um lugar supersossegado, a três quarteirões da escola da Gabi. Superpequenininho. Dois quartos, sala, cozinha, banheiro e área de serviço. O lugar é uma delícia, o maior silêncio, tem passarinho cantando, parece cidade do interior. Totalmente diferente da loucura da avenida Paulista. Outra coisa que eu decidi foi voltar pra faculdade. No primeiro semestre eu tinha estourado em faltas mas no segundo eu recuperei e fui superbem em todas as matérias.

Pra começar
Quem vai colar
Os tais caquinhos
Do velho mundo

Que coincidência tocar essa música! Um dos trabalhos mais legais que eu fiz esse ano foi sobre o paradoxo da sociologia na pós-modernidade e eu usei justamente essa frase como epígrafe. Minha vida agora é da faculdade pra casa, de casa pra faculdade. Ah, sim, falta falar da decisão mais importante: eu saí da Caixa. Pedi demissão. Não aguentava mais trabalhar naquele lugar horroroso, com aquelas pessoas horrorosas, fazendo uma coisa que não tinha nada a ver comigo. Quero encontrar algo que me dê dinheiro e prazer ao mesmo tempo. Ou pelo menos não me faça sofrer tanto. Não é possível que não haja.

Eu queria ter pedido demissão assim que voltei de Lins mas o Guto não deixou. Ele falou que era loucura eu tomar uma decisão dessa sem pensar melhor, que eu devia dar um tempo. Tudo bem. Fui ao departamento médico e tirei quinze dias de licença. Depois fui pro INPS e tirei mais trinta. Todo mês eu passava pela perícia e eles me davam trinta dias. A única coisa que eu tinha que fazer era decorar o nome dos remédios que eu devia estar tomando, falar que continuava deprimida, chorando à toa, sem vontade de levantar da cama e pronto. Eles escreviam: diagnóstico 300.4, psicose maníaco-depressiva. Fui nesse lenga-lenga até novembro, quando percebi que tava ficando doente *de verdade* de tanto inventar que tava doente. Um dia eu fiquei de saco cheio, fui até a Caixa e pedi demissão. A chefe do RH não acreditava. Ela me chamou na sala dela, disse pra eu pensar melhor. "Ninguém pede demissão de um emprego desse." "Eu peço", respondi jogando pela janela os nove anos que passei ali dentro. Ainda não tenho a menor ideia do que fazer daqui pra frente. Vendi o apartamento da Barata Ribeiro e comprei um menor, na Lapa, que tá alugado. Por enquanto tô vivendo do aluguel desse apartamento. A diferença entre um e outro eu coloquei na poupança. É tudo que eu tenho.

Os meninos de vez em quando vêm me visitar. Assim que eu saí do apartamento, o Caio mudou pro meu lugar. Os dois tão morando juntos. Casadíssimos.

Esse ano o Caio encanou que queria ser ator e resolveu prestar exame no Antunes Filho. Toda tarde ele vinha aqui pra gente ensaiar. Eu servi de escada pra ele no dia do exame. Ele foi superbem, entrou, mas depois de um tempo, quando o curso começou a exigir mais tempo e dedicação, ele acabou optando pelo trabalho dele e desistiu. Uma pena. Tenho certeza que ele se daria muito bem. Não é todo mundo que tem coragem de jogar o emprego pro alto e ir atrás do sonho.

Quem apareceu aqui outro dia foi o Eduardo. Uma tarde eu saí na janela e dei de cara com a moto dele parada na calçada. "Vim conhecer seu apartamento", ele falou lá debaixo. Conversamos pra caramba, transamos, foi superlegal. O Eduardo acabou virando uma boa lembrança dos meus tempos de Caixa. Ele e o Guto, evidente.

Tudo errado, mas tudo bem
Tudo quase sempre
Como eu sempre quis

Adoro essa música do Capital Inicial.

Na semana passada eu fui ao Pirandello e encontrei o Flávio. Outra boa lembrança da Caixa. Mais um que não quis trepar comigo "em nome da nossa amizade". "Quero ser seu amigo pra sempre. Nossa amizade vale mais que uma trepada." Ora, faça-me o favor. Se não quer trepar, não trepa, mas não dá essa desculpa, pelo amor de Deus. Até porque o tempo passa, a amizade acaba e a gente acaba ficando sem o amigo e sem a trepada. Desci à livraria que tem no porão do restaurante, comprei *Esse obscuro objeto de desejo* e mandei o garçom entregar pra ele. É isso que a gente vai ser pra sempre.

Desde que mudei pro apartamento novo não consegui escrever uma linha. Parece que a fonte secou. Por mais que eu procure dentro de mim, não encontro história alguma pra contar. Tô sem imaginação. Em compensação tô com muita bronquite. Passo o dia fazendo inalação. O cigarro numa mão e a bombinha na outra. É assim que tenho vivido.

Meu vizinho tá ouvindo jogo. Não sei quem tá jogando, mas pelos gritos o time dele deve estar ganhando.

Bom, eu vou desligar. Já falei demais. Meu cigarro acabou e eu vou descer pra comprar. Feliz ano novo. Que em 87 a vida me seja mãe e não madrasta. Bye.

FITA NÚMERO 4 - 1987

Hoje é dia 27 de dezembro de 87, domingo, 10 da manhã. Eu tô sentada no sofá da sala tomando café, pronta pra gravar mais uma fita da série *Minhas fitas de final de ano*. Mas a sala é outra, não é a mesma do ano passado. Eu tô morando num outro apartamento, do BNH mesmo. Aquele a dona pediu pra ela e eu tive que sair. A única diferença é que esse tem três quartos, é um pouco maior.

Se este ano fosse uma música, eu diria que ele foi andante moderato sem muito brilho, capice?

A Gabi tá passando férias com o Pedro. Ela pegou duas recuperações. Depois de muito choro, grito e ranger de dentes, finalmente ela passou pro terceiro ano. Ela não tá nem aí pra escola. Detesta estudar, fazer lição. Só vai obrigada. Quanto mais eu me irrito e brigo com ela, menos ela estuda. Se ela passar raspando já tá feliz. O que ela gosta mesmo é de ver televisão, ouvir música, dançar, dormir na casa das amigas, comer no McDonald. Eu achava que a ludo fosse motivá-la na escola, mas por enquanto não tá fazendo efeito nenhum. Duas vezes por semana eu levo ela na ludo, religiosamente. A minha terapia eu parei. Achei melhor dar um tempo. Chegou num ponto que não ia nem pra frente nem pra trás. Tenho me virado muito bem sem o Miguel. Sinal que ele não tava resolvendo grande coisa.

Continuo firme na faculdade. Terminei o semestre aprovadíssima em todas as matérias. Se a Gabi tivesse puxado por mim, seria uma beleza. Esse ano, além da faculdade, eu trabalhei numa imobiliária e me saí muito bem como corretora de imóveis. Quando que eu ia imaginar!

Um dia eu tava andando na rua e encontrei o Giba, por acaso. A gente tinha sido superamigos no tempo do Emaús. Nós dois vivíamos dando palestra pra convencer os jovens a deixarem a vida devassa de sexo, drogas e rock'n roll e tomarem o Rumo Certo. Esse era o lema do movimento: Rumo Certo. A ditadura comendo solta lá fora e a gente cantando e rezando, nem aí pro que tava acontecendo.

Essa foi a tática usada pela direita: meter os jovens dentro da igreja pra fazer eles calarem a boca. No Brasil tinha um movimento em cada esquina. Você fazia um retiro de três dias, ouvia uma palestra atrás da outra de manhã até à noite, rezava pra caramba, chorava pra caramba e saía de lá achando que era outra pessoa. Na primeira semana o cara se segurava. Mas depois de um tempo acabava mandando tudo à merda e voltando à vida que tinha antes.

O Giba era todo galã, estudante de direito na São Francisco, filho único, educado, charmoso. Claro que eu me apaixonei por ele. Claro que ele não quis nada comigo.

Ele tá com a mesma carinha de bom menino, rosto redondo, cabelo com gel, terno, gravata. Casado com a Silvia, a namorada de sempre, com quem teve dois filhos.

Quando contei pra ele que tinha pedido demissão da Caixa e tava desempregada, ele quase caiu pra trás. Foi aí que ele falou da imobiliária e que tava precisando de corretores. "Aparece lá, quem sabe dá certo." Eu peguei o cartão e fiquei pensando que até que podia ser uma boa ideia. Um trabalho autônomo, sem carteira assinada, sem cartão de ponto, com liberdade de horário. Você ganha em cima do que você fatura. Se você tá a fim de trabalhar muito, você ganha muito. Se não tá, ganha pouco. No dia seguinte fui conversar com ele e já comecei.

O trabalho é supermovimentado, cada hora você lida com um tipo de pessoa, é um corre-corre o dia inteiro levando gente pra lá e pra cá. Um dia você tá numa casinha de vila, no outro num puta apartamento dos Jardins. Faz contrato, fala com o proprietário, negocia. Eu me saí tão bem que no primeiro mês fui promovida a gerente de locação. Eu que montava as escalas de plantão, distribuía os telefonemas, o maior barato. A coisa mais gostosa do mundo era quando você encontrava exatamente o imóvel que a pessoa tava procurando. Em compensação, tinha aqueles com quem você rodava um mês e eles alugavam o apartamento de uma prima ou de uma outra imobiliária. Rotina não existe nesse serviço. Eu nem via o tempo passar. A grana não era uma coisa do outro mundo mas dava pra cobrir as despesas com folga. Eu saía de casa de manhã e voltava à noite. Jantava com a Gabi e corria pra faculdade. Ela ficava com a empregada. Aliás, as empregadas foram um capítulo à parte este ano.

Primeiro foi a Maria. A melhor empregada que eu já tive na vida. Fazia todo o serviço, cozinhava maravilhosamente, cuidava da roupa, era ótima pra Gabi, até lição de casa ela corrigia. A mulher era um assombro. Um dia eu fui trabalhar e falei pra ela ir encaixotando as coisas que no dia seguinte eu ia chamar o carreto pra fazer a mudança do outro apartamento pra esse. À tarde, eu tô na imobiliária a Gabi me liga dizendo que já tá no apartamento novo. Eu pensei que fosse brincadeira. A Maria tinha encaixotado tudo, chamado uma perua e mudado a minha casa de lugar sem que eu soubesse. Quando eu cheguei da imobiliária, a Gabi tava de banho tomado vendo novela na sala. Tinha até comida quente no fogão. Essa era a Maria. Um dia eu tava no banho, a Gabi entra aos prantos:

— Mãe, a Maria ligou da padaria dizendo que foi embora e não vai voltar mais pra nossa casa.

Eu saí pelada e corri pro telefone mas ela já tinha desligado. "Ela pediu desculpa, te mandou um beijo e desligou", ela dizia soluçando. Dois dias depois uma sobrinha dela veio pegar as coisas e até hoje eu não sei porque ela foi embora. A minha supermegaempregada um belo dia foi comprar pão e nunca mais apareceu.

Depois da Maria foi a Cida. Minha mãe ligou do sítio dizendo que tinha uma moça ótima, super de confiança. "O único problema é que ela tem um nenê de quatro meses que tem que levar com ela." Um nenê na minha casa? No começo a ideia me pareceu completamente estapafúrdia mas depois eu achei que podia ser legal. A Gabi vai gostar de ter um nenê em casa. Eu topei. O menino era uma graça. Quietinho, dorminhoco, não dava a menor trabalho. A Gabi vivia com ele no colo. Uma boneca de verdade pra ela brincar. Um belo dia a Cida fez as pazes com o namorado e resolveu voltar pro sítio. Ficamos as duas na maior tristeza.

Depois da Cida veio a Margarida, que era epiléptica. Eu nunca tinha visto um ataque epiléptico de perto, muito menos no chão da minha cozinha. Um dia eu tava tomando café, a Margarida cai no chão e começa a estrebuchar. Eu fiquei em pânico sem saber o que fazer, a quem pedir socorro. Daí a pouco ela foi voltando e abriu os olhos, completamente aérea. Eu levei ela pro quarto, dei água, café. Só então ela contou que costumava ter esses ataques mas não sabia o que era. Levei ela num médico e ele disse que era epilepsia, deu remédio, ela ficou ótima. Teve mais dois ou três ataques mas aí eu nem me assustava mais. No final de setembro, a mãe dela morreu e ela foi embora pra Bahia. Agora eu tô com a Carmem, que por enquanto não apresentou nenhum problema de saúde. Vamos ver até quando. Encerrado o capítulo empregadas, vamos ao próximo: Charles.

Eu tava sem falar com ele desde maio do ano passado. Em maio deste ano, no meu aniversário, eu fiz uma reunião aqui em casa no meio da semana só pra minha família, meus pais, meus irmãos, o Guto e o Caio. À meia-noite eles foram embora, toca o telefone. Era o Charles.

— Oi, tô no orelhão aqui em frente. Posso subir pra te dar beijo?

O cara tava lá embaixo há um tempão esperando todo mundo sair pra me dar um beijo de parabéns. Falei pra ele subir. Em menos de um minuto ele tava na minha porta com um maço de cravos brancos nas mãos. A gente se abraçou, eu peguei o uísque que já tinha guardado, preparei duas doses e sentamos pra conversar. Ele me contou que tinha fechado definitivamente o consultório e tava fazendo artesanato, uns cinzeiros de concreto que ele tinha aprendido não sei onde. Mas a grande e estarrecedora notícia era que ele tinha entrado pra Igreja Messiânica. A Tereza foi primeiro, gostou e levou ele. Os dois tavam de cabeça nessa. Frequentando os cultos, rezando em japonês, fazendo oferendas, tomando jorei, etc. Ele me contava maravilhado os milagres que aconteciam lá dentro.

Pode até ser preconceito, mas eu não acredito em nenhuma religião que tenha menos de mil anos. Esse negócio de um cara lá no Japão fundar uma seita e as pessoas saírem dizendo que ele é maior que Buda, não é comigo. Mas quem sou eu pra duvidar de algo que tava fazendo tão bem a ele. O efeito tava ali, na minha frente. O Charles parecia mais calmo, bebeu pouco, conversou muito, me fez gargalhar como nos velhos tempos. No dia seguinte ligou pra saber como eu estava e já combinou um jantar. Esse jantar rendeu um almoço que rendeu outro jantar que terminou num show. A Tereza sorria feliz ao lado do marido japonês que só lhe dava alegrias. A amizade entre nós era a mesma de antes. De vez em quando eu ia com eles à Messiânica, via o Charles rezando, concentradíssimo, e me perguntava até quando isso ia durar.

Nessa época eu tava superapaixonada pelo Pierre Vincent, um cara lindo, doze anos mais novo que eu, inteligente, culto, educado, que adorava boa música, bons livros, bons filmes. Orientando da Marilene Chauí. Eu conheci ele na imobiliária. Um dia ele apareceu procurando apartamento porque tava a fim de sair da casa dos pais e morar sozinho. Ele foi com a minha cara, eu fui com a dele. Nesse mesmo dia, ele me convidou pra assistir a um concerto, a gente saiu, trepou e foi maravilhoso. Eu acabei encontrando o imóvel que ele queria. Um apartamento antigo, amplo, na esquina da Paulista com Brigadeiro com uma vista maravilhosa. "É meu!", ele gritou assim que pôs os pés.

Ele vinha sempre jantar aqui, eu ia na casa dele, a gente trepava loucamente. Eu tinha esquecido o que é o fôlego de um menino de vinte e poucos anos. Ele me deixava esbodegada. Pierre Vincent andando pela casa, tocando sax com uma capa de chuva sobre o corpo nu parecia coisa de cinema. Aos nossos pés, a avenida Paulista. Tudo ia às mil maravilhas até que eu fui ficando cada vez mais chata, fazendo mil cobranças, ligando dez vezes por dia, tendo chiliques, enfim, bateu a neura e eu fui fazendo uma cagada atrás da outra. Ele tentou por todos os meios me fazer ver que eu tava estragando uma coisa que podia ser muito legal, mas não adiantava. No dia que a gente terminou ele me disse uma coisa que eu nunca mais esqueci:

— Você não tá apaixonada por mim. Você tá apaixonada pela paixão. Você nem sabe quem sou eu. Você nem vê a pessoa que está com você. Tanto faz ser eu ou qualquer outro. Pra você é indiferente.

Depois que ele foi embora, eu fiquei na maior deprê, chorei noites e noite seguidas e fui pedir colo pro Charles, que tava acompanhando essa novela de perto. Ao me ver naquela tristeza, a Tereza me convidou pra ir com eles pra Ubatuba. "Você vai se distrair, vai te fazer bem." Fodeu. Assim que ela foi dormir, nós dois fomos pra praia e voltamos com tudo. Mas dessa vez o Charles queria fazer do jeito certo.

— A gente vai assumir o nosso caso. Eu te amo, você me ama. Somos dois adultos, vacinados, não tem porque viver esse amor escondido. A gente não tá cometendo crime nenhum.

A coisa era pra valer. A primeira providência que ele tomou foi sair da Granja e mudar pra São Paulo. Trabalhando na imobiliária, não foi difícil encontrar um apartamento pra ele. Uma quitinete na rua Margarida em ótimo estado. Uma sala boa, um banheiro bom e uma pia de cozinha. Ele deixou o apartamento um brinco. Na sala ele colocou um sofá que de noite virava cama, duas poltronas e uma sala de jantar para quatro pessoas. Na cozinha, um fogão de duas bocas e um frigobar. Era a quitinete mais chique da Barra Funda. Aliás, ele tem mania de deixar tudo um brinco. No enterro do pai dele, no cemitério, completamente bêbado, ele falava pra mim: "Amanhã eu venho aqui e vou deixar esse túmulo um brinco".

Quando o Charles saiu da Granja e foi pra Margarida, a Tereza ficou putíssima. Justo agora que ele tava bem, bebendo pouco, rezando muito, eu apareço e estrago tudo. Paciência.

Minha rota agora era outra. Em vez da Raposo Tavares, eu subia a Teodoro e pegava a avenida Pacaembu até a Margarida. Se somasse os quilômetros que eu já rodei nessa vida atrás do Charles acho que daria umas dez voltas ao mundo.

Ele tinha a casa dele, eu tinha a minha mas toda hora a gente tava junto. Ou eu dormia lá, ou ele dormia aqui. No meio da noite, se ele ficava mal, descia até o orelhão e me ligava. Eu colocava a roupa por cima do pijama e ia correndo. Morando sozinho, minhas preocupações aumentaram. E se ele pular da janela? E se ele morrer atropelado?

Se eu tinha empregada, a Gabi ficava em casa, se não, enrolava ela num cobertor e levava comigo. Pra ela, era uma farra. De manhã, a gente tomava café numa padaria, passava aqui pra pegar a mochila, eu deixava ela na escola e ia pra imobiliária. E eu ainda reclamo que ela não vai bem nos estudos.

O Charles agora podia beber à vontade, ouvir música na altura que quisesse, dormir e acordar a hora que bem entendesse sem ninguém pra encher o saco. Mas que graça tem beber se você não tem com quem brigar? Ele ficava me chamando o dia inteiro, ou chamando a Tereza ou o Mauro. Um de nós três tinha que estar por perto. Se nenhum de nós podia, ele chamava o garçom do boteco, o porteiro, a síndica do prédio, de quem ficou amigo íntimo. Sozinho ele não ficava.

Aos sábados, a Tereza passava lá com o Felipe, pegava ele e os três iam almoçar na casa dos pais dele. O Charles podia faltar a todos os compromissos, mas o almoço com a mãe era sagrado. Até porque ela não podia saber de jeito nenhum que ele tava morando em São Paulo e junto comigo.

Os pais dele me odeiam. Eles acham que eu estraguei a vida dele, que é por minha causa que ele é assim tão infeliz. Os meus pais também odeiam o Charles pelas mesmas exatas razões. Um a um.

Às vezes o Charles se confunde e acaba acontecendo uns encontros constrangedores. Eu tô lá e chega a Tereza. Ou o Mauro tá lá e eu chego. É um horror. O protocolo diz que a preferência é sempre do que chega por último. Quem tá lá deve pegar suas coisas e se mandar. E tem também a história da chave. A maldita chave! O Charles tem uma cópia da chave que ele entrega pra quem tá de bem com ele naquele momento. Digamos que eu tô com a chave. Na primeira briga, ele pede a chave de volta. "Me dá minha chave." Eu jogo a chave na cara dele e vou embora. Em seguida ele chama o Mauro e dá a chave pro Mauro. Daí ele briga com o Mauro e pede a chave de volta. Estar de posse da chave da Margarida é o status mais almejado por nós três.

Teve um dia que eu tava lá e a Tereza chegou. Mas justo nessa hora desabou o maior temporal e ela não me deixou sair. "Não dá pra você ir embora com essa chuva. Pode dormir aqui." Eu peguei o edredom, coloquei no chão e deitei. Ela deitou no sofá com o Charles, que tava no décimo sono. No meio da noite, ela me acordou: "Vem deitar aqui. Você deve estar com as costas doendo". Eu não queria mas ela fez questão e a gente trocou. Só que aí eu comecei a me sentir mal de ver ela no chão e eu no sofá com o marido dela, pedi pra trocar de novo. A gente passou a noite se revezando sem saber quem dormia ao lado de quem.

Tinha noite que o Charles me enchia tanto o saco que eu pegava o carro e saía rodando pela cidade pra esfriar a cabeça. Uma vez eu parei no Largo do Arouche, entrei num bar, pedi uma cerveja e só então eu me dei conta de onde eu tava, às três da manhã: num lugar que só tinha puta e marginal. Eu comecei a rir. E o mais engraçado é que eu não senti um pingo de medo. Pelo contrário, me senti superbem e segura entre aquelas pessoas. Parecia que eu tinha vindo de um lugar muito pior do que aquele. E tinha mesmo.

Nessa altura, o Charles já nem se lembrava mais da Messiânica. Tinha abandonado tudo, brigado com meio mundo, mandado a igreja à merda. Só de ódio, a Tereza disse que não ia pagar mais porra nenhuma pra ele. Que ele tinha que voltar pra Granja. Sim, porque era ela que tava financiando a brincadeira dele morar em São Paulo. As despesas da Margarida eram pagas por ela. A última coisa que ele queria era voltar pra Granja. Foi quando eu tive a ideia luminosa. "Você vai trabalhar comigo na imobiliária. Tenho certeza que vai gostar. Você aprende num instante. Vai ser divertido." E foi realmente.

O Charles era a alegria dos clientes e corretores. Ele contava piada o dia inteiro, punha apelido em todo mundo, era o rei do charme e da simpatia. As corretoras só faltavam pegar ele no colo. Lábia ele tinha de sobra. Era difícil ele perder um cliente.

Nós dois trabalhávamos em dupla, dávamos plantão aos domingos, dividíamos os clientes. À noite eu ia pra casa dele ou ele pra minha e a gente relaxava, bebia e ria das atrapalhadas que a gente fazia o dia inteiro. Era um tal de perder chave, colocar placa em imóvel errado, ficar trancado dentro de apartamento que não tinha fim. Infelizmente essa alegria não durou muito tempo. Rapidamente ele começou a beber durante o expediente, perder hora de manhã, deixar cliente esperando, faltar um dia, dois. Quem cobria as falhas dele? Eu, evidentemente, que tinha que trabalhar por mim e por ele. Aquilo foi me deixando totalmente estressada. O Giba me dava uns toques: "Você anda muito tensa, nervosa, mal-humorada. Nem parece a mesma pessoa". Eu dizia que era impressão dele, "imagina, tô ótima". A verdade é que eu não tinha mais cabeça pra trabalhar. Minha única preocupação era o Charles. Como será que ele está? Será que acordou? Será que comeu? Será que vem trabalhar? Será que foi buscar tal cliente?

    Um dia eu fui no apartamento dele e falei que desse jeito não dava pra continuar. Ou ele entrava na linha ou tava despedido. Ele berrou, xingou e me mandou enfiar esse emprego no cu. O Giba adorou a notícia. Ele achou que agora eu voltaria a ser a corretora maravilhosa que sempre fui. Muito pelo contrário. Sem o Charles, a imobiliária perdeu totalmente a graça, virou um lugar pra onde eu ia arrastada. O Giba disse que me dava um tempo pra descansar mas não teve jeito. Duas semanas depois eu pedi a conta e saí. Estávamos de novo os dois sem emprego e sem um puto. Eu precisava ter alguma ideia rapidamente pra garantir a minha comida no fim do mês e a permanência do Charles em São Paulo. Foi aí que eu tive a pior ideia de todos os tempos.

    — Vamos fazer uma pirâmide.

Pirâmide era a epidemia do momento. Todo mundo tava na pirâmide. Você investia dez cruzados e ganhava cem, investia cem e ganhava mil. Um dinheiro fácil, sem possibilidade de erro. Estava aí a solução. Logo Cleópatra e Marco Antonio estariam nadando numa piscina cheia de moedas de ouro.

Chamei dez amigos na minha casa e expliquei tudo direitinho pra eles. "Vocês me dão o cheque e vão atrás de dez pessoas que te darão um cheque e assim a coisa vai crescendo. Em pouco tempo você ganha dez vezes o que investiu". O Charles ao meu lado confirmava tudo que eu dizia. No final da reunião nós tínhamos em mãos os dez cheques que precisávamos. Dividimos meio a meio e fomos comemorar. A minha parte, eu paguei uma dívida que tinha com o Banco do Brasil, arrumei o carro, comprei uma Barbie pra Gabi que ela tava me pedindo há um tempão e coloquei o resto na poupança. O Charles torrou toda a parte dele em roupa, sapato, enfeites pra casa, restaurante, shows e muita bebida. Passamos dez dias ricos, na maior felicidade. Esse foi o tempo que os nossos amigos levaram pra perceber que tinham entrando numa fria e pedirem o dinheiro de volta.

Juro por Deus que em nenhum momento me passou pela cabeça que aquilo era ilegal. Eu achei a pirâmide a coisa mais sensacional do mundo. Um jeito rápido e inteligente de ganhar dinheiro. Só fiquei sabendo que aquilo era crime quando eles disseram que se a gente não devolvesse a grana eles chamariam a polícia. "Isso é estelionato e dá cadeia."

Se as pessoas não fossem tão próximas eu mandava todo mundo se foder e ponto final. Ninguém ali era menor de idade e eu não coloquei revólver na testa de ninguém pra eles me darem o cheque. O problema é que eu ainda ia ter que conviver com aquelas pessoas por muito tempo. Conclusão, a gente tava ferrado. Tínhamos dez dias pra devolver um dinheiro que não existia mais.

O Charles penhorou umas joias da mãe dele e o resto, a Tereza emprestou. Eu fiz um empréstimo maior do que o anterior e saí do banco com uma prestação faraônica pelos próximos doze meses.

Esta foi a maldição da pirâmide.

A única que saiu lucrando foi a Gabi, que ganhou a Barbie que ela tanto queria.

Bom, a fita tá acabando. Vou comer alguma coisa porque tô morta de fome. Desejo a todos um feliz ano novo. Que em 88 eu encontre um emprego legal. Nos dois sentidos do termo.

FITA NÚMERO 5 - 1988

Hoje é dia 30 de dezembro de 1988, são 10 e 20 da manhã. A Gabi tá dormindo e eu tô tomando café sentada no chão da sala. Minha casa tá completamente vazia. Daqui a pouco o pessoal da mudança vai chegar e levar tudo pro sítio. A partir de amanhã, eu não tenho mais casa, não moro mais em São Paulo, não tenho mais nada. Tô indo morar com meus pais. Cheguei ao zero absoluto, não tenho mais como sobreviver. Se não fossem eles, eu teria que morar embaixo da ponte e colocar a Gabi pra pedir esmola. O jeito foi aceitar a proposta que eles me fizeram e dar graças a Deus. Aos 37 anos eu volto pro útero de onde saí pra começar tudo de novo. Quem sabe dessa vez dê certo.

Eles me propuseram que eu mudasse pro sítio e eles bancariam todas minhas despesas e as da Gabi até eu me formar. A preocupação deles é a porra de diploma de curso superior que eu ainda não tenho. "Sem isso, o que você vai ser na vida, faxineira, balconista, empregada doméstica?" No fundo, eles têm razão. Se emprego tá difícil pra quem tem curso superior, imagina pra uma mulher da minha idade que só tem o curso normal.

Quando saí da Caixa eu achava que ia encontrar um emprego que tivesse a ver comigo, uma coisa que eu gostasse de fazer e me desse grana. Doce ilusão. Isso não existe. Eu não nasci com talento pra disputar um lugar ao sol no mercado capitalista. Sou praticamente uma débil mental, uma pessoa que só sabe ler, escrever e vive totalmente fora da realidade. *Eu não sou de companhia*, já dizia Fernando Pessoa. Ao que eu acrescento: nem de confiança. No mundo de hoje ou você é talhado pro sucesso ou você dança. Os artistas, os loucos, os delirantes como eu acabam no hospício, na cadeia ou no cemitério. A menos que tenham pais generosos que se disponham a cuidar deles. Pelo menos até tirar o diploma, eu e minha filha temos onde morar e o que comer. Depois que terminar a faculdade, é outra história.

    Não foi fácil tomar essa decisão, desmanchar esse apartamento, embalar minhas coisas, meus móveis, minhas panelas, meus quadros, meus enfeites e saber que tudo isso vai ficar encaixotado até sabe Deus quando. Pensar que eu já tive um baita apartamento na Barata Ribeiro, chalé em Caucaia do Alto, dinheiro pra gastar à vontade e tô nessa situação é inconcebível. E tudo por causa do Charles. Ele faz as loucuras dele mas tem quem banque. Bem ou mal, a Tereza paga os estragos que ele faz. Eu não tenho quem pague os meus. Agora mesmo ele tá lá na Granja bonitinho com a mulher dele e o filhinho dele e eu tô aqui sem casa, tendo que morar na casa dos meus pais.

    No começo do ano eu tava vivendo do aluguel do apartamento da Lapa e de um restinho de dinheiro que eu tinha na poupança. Fui obrigada a cortar todas as minhas despesas. Dispensei a empregada, usava o carro o mínimo possível, comia arroz, feijão, bife e olhe lá. Nada de restaurante, cinema, livro, disco, barzinho. Se alguém me convidasse pra sair, sabia que tinha que pagar a conta. Até a faculdade eu tive que trancar. Não tinha grana pra ir pra USP, tomar lanche, comprar livros, tirar xerox. Além de não ter o menor ânimo pra estudar porra nenhuma. O Charles vinha pra cá e gente ficava bebendo e ouvindo música o dia inteiro. Isso quando a gente não cismava de viajar. Ele me pegava e a gente passava o fim de semana em Juqueí, no Guarujá, ficava num puta hotel, bebendo na beira da piscina, tudo pago pela Tereza. Aquilo parecia um parque de diversões. Quando eu não podia, ele ia com o Mauro.

Um dia me liga um cara da polícia rodoviária perguntando se eu conhecia um tal de Charles Douro Rosenfeld. "Ele sofreu um acidente perto de Ubatuba e pede que a senhora traga o documento do carro." Eu fiquei puta da vida e falei pro guarda: "Sinto muito, mas o senhor ligou pra pessoa errada. A dona do carro é a mulher dele. Eu sou a amante. Ele deve ter confundido os números" e bati o telefone.

Ele foi nessa farra até que a Tereza se encheu e disse que se ele quisesse continuar morando em São Paulo teria que trabalhar pra se sustentar. Ela já sabia até onde: como fiscal de dentista. O emprego tava garantido, a vaga era dele. O Charles aceitou sem abrir o bico.

Ele batia perna o dia inteiro, entrando e saindo de consultórios atrás de irregularidades. Como eu não tinha nada pra fazer, ia junto com ele. Ele ia de carro e eu do lado, ouvindo música, batendo papo. No meio da tarde a gente parava numa padaria, comia uma coxinha, tomava uma coca-cola e continuava. Até pro interior eu fui com ele. Pagava a passagem e o hotel do meu bolso. A gente ficava nesses hoteizinhos baratos perto da rodoviária e andava o dia inteiro debaixo de um solão de rachar. No final do dia, a gente sentava num boteco, pedia um pf e bebia até altas horas. Mas a minha companhia não foi suficiente pra fazê-lo aguentar a dura vida de fiscal. Ele ficou um tempo e pediu as contas. Foi quando eu soube que um primo meu tava precisando de um gerente pra casa lotérica que ele tinha no centro da cidade. Liguei pra ele e falei que tinha a pessoa certa pro cargo. No dia seguinte o Charles tava empregado. Saiu antes de receber o primeiro salário. Dessa vez a Tereza deu um basta e obrigou ele a se desfazer da Margarida e voltar pra Granja. E mais: ele estava totalmente proibido de ter qualquer contato comigo, ainda que fosse por telefone ou pensamento.

Tudo bem, ele obedeceu. Mas por ódio e vingança, dobrou, triplicou o volume da bebida ingerida. "Você me quer aqui? Então vai ver o que é bom pra tosse." Estava aberta a temporada do Circo dos Horrores com espetáculos horripilantes para toda a vizinhança.

Um dia a Tereza me ligou desesperada:

— Pelo amor de Deus, me ajuda. Não sei mais o que fazer.

Por coincidência, eu tinha visto naqueles dias na televisão uma entrevista com uma psiquiatra especializada em alcoolismo e tinha anotado o telefone dela. Liguei, marquei uma consulta e fui pra Granja convencer o Charles a ir. Ele ficou tão feliz de me ver que topou na boa. Claro que no meio do caminho me fez parar numas três padarias pra beber, mas tudo bem. Ele sempre faz isso quando tem que enfrentar uma situação difícil.

    Ele gostou da médica. Saiu de lá com o firme propósito de levar o tratamento adiante. Comprou os remédios, tava encarando tudo na maior seriedade. A Tereza cuidava dos medicamentos e eu de levá-lo às consultas. A gente trocava informações o dia inteiro sobre o nosso paciente. Só que na terceira semana percebemos que ele tava bebendo escondido. Daí pra jogar os remédios na privada e mandar a médica tomar no cu foi um passo.

    Nessa época eu tava numas de esoterismo total. Tinha conhecido um pessoal que se reunia uma vez por semana pra trabalhar com umas pedras e fazer harmonizações pras pessoas. Era uma coisa meio new age, um espiritismo esclarecido, digamos assim. No grupo só tinha gente bacana, médicos, terapeutas, altos empresários.

    Você levava o nome de alguém que precisava de algum tipo de cura e eles energizavam através das pedras, do pêndulo, de desenhos, dependia do caso. Eu fui numa sessão e nunca mais saí. Nem eu sabia que tinha tanto talento pra bruxaria. Em um mês eu mentalizava, psicografava, fazia diagnóstico e trabalhava com as pedras como qualquer um deles.

    Cada pessoa ia montando seu estojo com pedras que comprava, encontrava na rua, na praia, em cachoeira. Tinha gente que tinha meia dúzia de pedras, tinha gente, como eu, que tinha um quilo. Eu entrei de cabeça.

    O grupo era coordenado por uma mulher que morava numa chácara fora de São Paulo. De vez em quando a gente ia lá pra ela saber como a gente tava, o que andava fazendo. Só que ela não ia com a minha cara nem eu com a dela. Ela achava que eu tava indo rápido demais e me dava broncas homéricas por eu estar desobedecendo à principal regra do grupo: ninguém podia trabalhar com as pedras fora das reuniões.

Imagina! Eu mexia com as pedras da hora que eu acordava até a hora que ia dormir. Passava o dia trabalhando pro Charles, pra Gabi, pra quem precisasse. Minha casa virou uma pedreira. Tinha pedra na sala, no quarto, no banheiro, na cozinha. Eu tava fascinada. "Finalmente encontrei o meu caminho. Descobri minha missão na vida. Eu nasci pra isso. Como pude perder tanto tempo com cientificismo e racionalidade? Onde eu tava com a cabeça de achar que a USP era o meu lugar?"

A mulher me encheu tanto o saco que um dia eu mandei ela à merda, chamei umas pessoas pra minha casa e comecei um grupo novo, sob minha única e exclusiva coordenação. Aí foi uma beleza. Toda semana eu reunia dez, doze pessoas na minha casa e fazia técnicas de relaxamento, dinâmicas de autoconhecimento que eu ia inventando na hora. Virei uma terapeuta de grupo de verdade. As pessoas choravam, se abriam, faziam altas confissões e descobertas incríveis. Elas amavam as reuniões e eu mais ainda.

Quando eu achava que alguém tava precisando de um tratamento especial, atendia individualmente. Daí eu lia tarô pra pessoa, colocava ela deitada na minha cama e punha pedra nos chacras que ela tava precisando. A pessoa saía de lá com outra cara. Era impressionante.

A coisa tava dando tão certo que eu resolvi fazer isso profissionalmente. Fiz uns folhetos e espalhei pela Vila Madalena. Não podia ter lugar melhor pra isso. Em pouco tempo eu atendia duas, três pessoas por dia. Os problemas iam de briga com namorado a câncer, de emprego a traição, de brigas familiares a sei lá o que. Um cardápio variadíssimo. As pessoas chegavam aflitas, desesperadas e saiam calmas e serenas. De onde eu tirava as coisas que falava e os conselhos que dava, até hoje eu não sei. Mas que funcionava, funcionava.

A Gabi via tudo com a maior naturalidade. Ela própria tinha suas pedrinhas e vivia jogando. Eu procurava atender quando ela não tava em casa, mas às vezes não dava e calhava dela chegar e ter alguém fazendo relaxamento no meu quarto. Ela levava tudo numa boa.

Por mais que as pessoas dissessem que isso era perigoso, que eu não podia atender dessa forma, sem proteção nenhuma, eu não dava a menor bola e ia em frente.

Até que começaram a acontecer umas coisas estranhíssimas. Eu comecei a ouvir barulhos vindos não sei de onde, passos pela casa, cochichos, vento que abria a porta de repente, perfume que se espalhava pela casa inteira, janela estourando no meio da noite. Um dia eu cheguei em casa e a Gabi tava sentada na sala, branca de susto.

— Mãe, desde a hora que você saiu o relógio não parou de tocar.

— Que relógio? — perguntei desentendida.

— O relógio que tá no seu maleiro.

Anos atrás eu tinha comprado um carrilhão de mesa que nunca funcionou e eu guardei no maleiro. De repente, do nada, o relógio não só voltou a funcionar como tocava uma melodia maravilhosa de meia em meia hora. Aquilo tudo foi me dando medo, eu fui ficando apavorada e resolvi desmontar a tenda antes que algo mais grave acontecesse. Guardei as pedras, o tarô e encerrei o expediente. Bruxa em recesso. Pode até ser que um dia eu volte a mexer com essas coisas, mas, por ora, não quero saber. Até porque, o tempo todo que eu mexi com isso, tinha uma pergunta martelando na minha cabeça: como que eu dou jeito na vida de tanta gente e não consigo dar jeito na minha própria? Pra essa pergunta eu nunca obtive resposta.

Infelizmente, nem as pedras nem todo o esoterismo do mundo deram conta do alcoolismo do Charles. Ele continuava bebendo cada vez mais e os porres eram cada vez piores. Aos fins de semana, eu pegava minha máquina de escrever e ia pra Granja. Ficava lá escrevendo, jogando baralho com a Tereza, assistindo filme, apartando as brigas e segurando as pontas.

Teve um dia que ele jogou todas as gravuras da parede no chão da sala. Aquilo parecia um tapete de cacos de vidro e ele andando descalço pelo meio, com os pés ensanguentados. Com muito custo, eu consegui tirar ele de lá e enfiar no carro. No meio do caminho, ele encanou que não queria ir pra minha casa e pediu pra eu entrar num motel. Quando ele encana de descer, se você não para, ele desce do carro em movimento. Já caiu na estrada um monte de vezes. Eu entrei no primeiro motel e ele capotou na cama do jeito que estava, sujo, com os pés cheio de sangue. Por sorte eu tinha levado a máquina e passei o resto do fim de semana escrevendo num quarto de motel.

Em novembro, ele foi convocado pra trabalhar como mesário na eleição. Pergunta se ele foi. Nem se deu ao trabalho de justificar. Não tem lei que obrigue o Charles a fazer o que não quer. À noite, quando ele acordou e soube que a Erundina tinha ganhado, bebeu tudo de novo pra comemorar.

Eu quase não vi os meninos este ano. Em setembro fui com eles pra Varginha. Descansei e me diverti pra caramba. Dessa vez não transei com ninguém. O programa foi fumar baseado na porteira, um lugar afastado da cidade onde a moçada vai fumar. Uma turma enorme cantando músicas do Belchior. De repente eu vejo uma luz e falo: "Agora que eu achei a luz, eu perdi o túnel!" e entrei nessa de procurar o túnel a noite inteira. Foi gozadíssimo. Todo mundo procurando o túnel porque a luz a gente já tinha. Na volta eu comi o melhor pastel de beira da estrada do mundo e fomos dormir.

Quando cheguei em São Paulo, o Charles me disse que tinha tido uma ideia maravilhosa e precisava urgente falar comigo. Que ideia seria essa? Não precisei esperar muito. No dia seguinte, cedinho, ele sentou na minha frente e expôs pausadamente:

— Acho que o melhor que a gente tem a fazer é sair de São Paulo. Vamos pra um lugar sossegado, começar nossa vida longe dessa confusão de cidade grande, dessa barulheira, longe da Tereza. Eu tô pensando no Embu. Com o dinheiro do apartamento da Lapa dá pra você comprar uma puta casa no Embu com jardim, pomar e tudo que a gente tem direito. Já pensou que legal? Eu e você na rede, passarinho cantando, cachorros pelo quintal, verdura fresca na horta... Que tal?

— É pra já! — falei pulando no pescoço dele. Imagina se eu não queria ir pro paraíso com o homem da minha vida e ser feliz para sempre. No dia seguinte coloquei o apartamento à venda e fomos procurar casa no Embu. Encontramos uma linda, cor-de-rosa, na Estrada da Ressaca. O nome nos pareceu um ótimo prenúncio. Uma casa imensa com jardim na frente e pomar nos fundos como ele queria. Sala com lareira, cozinha com fogão a lenha, três quartos, dois banheiros. Vendi o apartamento da Lapa pro primeiro interessado e comprei a casa da Ressaca, à vista.

Do que a gente viveria no Embu, não sabíamos. Mas a gente ia dar um jeito. "Eu posso fazer geleia, você pinta uns quadros, lê tarô, eu faço cinzeiros. Alguma coisa a gente acha pra fazer, não se preocupe". Assim que a Gabi terminasse as aulas, nós mudaríamos. Mas antes eu precisava tomar umas providências: ver escola pra ela, comprar telefone, transferir a água e a luz pro meu nome, mandar limpar o terreno. "Não se preocupe", o Charles dizia. "Quando a gente mudar, você cuida disso."

O tempo foi passando e eu comecei a ficar aflita. Ele só queria saber de ouvir música, gravar fita e beber. Um dia eu não aguentei mais e tive um chilique:

— Olha aqui, você me fez vender o apartamento, comprar essa porra de casa, agora a casa tá lá, meu dinheiro tá acabando e você não decide quando que a gente vai. O que que tá acontecendo?

Ele deu um gole na cerveja que tava bebendo, olhou bem pra mim e falou:

— Eu tive pensando e acho melhor você ir primeiro com a Gabi. Vocês vão na frente, organizam a vidinha de vocês, você arranja escola pra ela e depois eu vou.

Eu queria matar o Charles.

— Seu filho da puta, por acaso você acha que eu vou praquele fim de mundo sozinha? Fala a verdade, você nunca pensou em ir comigo. Seu puto, canalha, cafajeste — eu chorava de ódio e ele de tristeza e arrependimento.

— Essa história de morar junto não ia dar certo, você sabe disso melhor do que eu. Foi tudo um sonho, uma ilusão.

Pra completar a desgraça, quando a gente tava no meio da discussão, a Tereza tocou o interfone e pediu pra ele descer porque ela precisava muito falar com ele. Dez minutos depois, ele sobe perguntando se eu tinha um dinheiro pra emprestar porque aquele era o último dia pra pagar o Credicard e ela não tinha a grana. Eu abri a bolsa, fiz o cheque e dei pra ele levar. Assim que ele foi embora, eu liguei pra imobiliária do Embu e pedi que eles vendessem a casa pro primeiro que aparecesse. Ontem fui assinar a escritura. O comprador tava com um sorriso de orelha a orelha. O dinheiro que sobrou não dá nem pro aluguel desse apartamento. Eu não tenho mais um tostão pra viver. Até o telefone eu tive que vender. O Charles me levou à falência total. Se não fossem meus pais, eu tava fodida. Mais do que já estou.

A Gabi tá adorando a ideia de morar no sítio. A vida dela pouco vai mudar. Ela vai continuar na mesma escola, com as mesmas amigas. Eu venho todo dia pra São Paulo, deixo ela na Novo Horizonte e vou pra USP. À tarde, pego ela e volto pro sítio.

Bem, era isso que eu tinha pra falar. Foi legal ouvir essa história de cabo a rabo. Uma história que se um dia eu ouvir de novo, provavelmente, não vou acreditar que vivi. Adeus. Rezem por mim.

FITA NÚMERO 6 - 1989

Hoje é dia 30 de dezembro de 1989, sábado, 7 horas da noite. Eu tô sozinha em casa. Meus pais foram pra uma festa em São Paulo e só devem voltar mais tarde. A Gabi tá passando férias com o Pedro. Ele veio buscá-la no natal e só vai trazer no fim de janeiro. Ontem ela me ligou felicíssima dizendo que tinha ido ver o show da Xuxa com a vó Norma. Ela sabe que não pode contar comigo pra esse tipo de passeio. Acho que eu sou a única mãe do mundo que não conhece o Play Center. Por sorte, tem sempre uma avó ou uma tia que leva. Comigo ela só vai a passeios chatíssimos: exposição de pintura, concertos, ópera. Espero que um dia ela me agradeça por isso. A minha parte eu faço.

Tô comendo batata frita, tomando guaraná e ouvindo Marisa Monte, minha mais recente paixão. Desde a morte da Elis, essa foi a primeira cantora que mexeu comigo. A voz dela é maravilhosa e o repertório sensacional.

A gente não quer só comida
A gente quer saída
Para qualquer parte.

A vitrola e os discos são as únicas coisas minhas nessa casa. O resto tá guardado na casa do caseiro. De vez em quando eu vou lá e fico um tempão olhando aquele monte de caixas e sacos plásticos. O meu fogão, a geladeira, o sofá, a mesa, as cadeiras, as minhas panelas, os meus livros, tá tudo lá, empacotado. Só peguei a vitrola e a televisão, que coloquei no meu quarto. Minha mãe ajeitou uma saleta que tinha ao lado do quarto dela, colocou duas camas de solteiro, uma escrivaninha, um criado-mudo, um armário e virou o meu quarto e da Gabi.

Eu tô com uma ferida horrorosa na perna que tá demorando uma vida pra cicatrizar. Um pouco antes do natal, eu cheguei de São Paulo, coloquei o carro na garagem e o Barão veio correndo me encontrar. Só que ele ainda tava preso na corrente e enroscou na minha perna. Quanto mais ele pulava, mais a corrente rasgava meu tornozelo. Eu gritava e todo mundo pensava que eu tava brincando. Até meu pai perceber e vir me socorrer, já tinha cortado minha perna inteira. Fora que a corrente tava toda enferrujada. Tive que tomar vacina antitetânica e um monte de antibiótico. Mesmo assim a infecção não cede e a porra da ferida não cicatriza. Eu mal tô podendo andar. Guiar, nem pensar. Passo o dia sentada, com a perna pra cima. Tá parecendo aquelas pernas de mendigo, toda roxa, inchada, com uma ferida purulenta que não fecha. Um horror. Agora, depois de quinze dias, é que tá começando a formar uma casquinha. Vou entrar no ano novo numa perna só feito saci-pererê.

Chocolate! Chocolate! Chocolate!
Eu só quero chocolate.

No natal foi um saco. Todo mundo bebendo, se divertindo, e eu sentada tomando guaraná.

A vida no sítio até que é animada. A casa vive cheia de gente, minha mãe adora receber parentes e amigos.

Meus irmãos vivem por aqui, os sobrinhos, cunhados, tios, primos. Fim de semana nunca tem menos dez pessoas pra almoçar. Quando eu canso da barulheira, vou pro meu quarto e fico lá lendo um livro ou vendo televisão. Eles respeitam minha privacidade e me deixam em paz. Nunca gostei dessas confusões familiares. É uma gritaria, uma discussão e não se chega a lugar nenhum. O máximo que acontece é alguém sair chorando. Todo mundo se acha no direito de meter o bedelho na vida de todo mundo e faz isso sem a menor cerimônia. Quando a coisa começa a virar pro meu lado, eu peço licença e me mando rapidinho. Se quiserem falar de mim, que falem pelas costas.

Por incrível que pareça, a convivência com meus pais tem sido pacífica e civilizada. Eu vim preparada pro pior, mas tá sendo muito melhor que o esperado. Estamos todos tomando o máximo cuidado porque um escorregão e vai tudo pro brejo.

De vez em quando eu tenho minhas depressões, acordo chorando sem coragem de levantar da cama. Mas não tem nada a ver com eles. É coisa minha, as neuras de sempre. Aí eu cubro a cabeça e fico lá até passar ou a Gabi me pedir qualquer coisa ou minha mãe me chamar pra almoçar. Aqui somos duas filhas, cada qual com sua mãe.

Quem diria que uma pessoa urbana como eu ia gostar de morar no sítio, com passarinho, cigarras, sapos coaxando e cachorro latindo no quintal. Eu acordo com galo cantando embaixo da minha janela. Meus pulmões nunca respiraram um ar tão puro. Pra falar a verdade, não tenho do que reclamar.

Na faculdade correu tudo bem. Agora só falta mais um semestre. Em junho do ano que vem eu me formo. Esse ano fiz uns cursos bem legais. O que eu mais gostei foi um sobre o Nietzsche que o Bruni deu. Eu pirei. Pra mim, o Nietzsche era um maluco que o Caetano curtia e que tinha escrito Zaratustra. Putz, não é nada disso. O cara escreveu coisas incríveis, profundíssimas, abalou toda a filosofia que foi feita antes dele. Ele é muito maior que a sua maluquice. A teoria do super-homem é um troço supersério, dificílimo de entender. Não é porra-louquice. Eu fiz um seminário sobre *A genealogia da moral* que o Bruni babou.

Eu vou e volto todos os dias pra São Paulo. Meu pai paga a gasolina e tudo mais. Até o meu cigarro ele paga. O Pedro só paga a escola e a terapia da Gabi. De tarde eu pego a Gabi na escola e a gente volta com um pôr do sol maravilhoso. Geralmente ela vem dormindo ou cantando música sertaneja. Eu morro de rir.

As metades da laranja
dois amantes, dois irmãos

Essa do Fábio Jr. também ela adora.

Terça e quinta nós vamos mais cedo porque é dia da ludo. Eu coloco dois sanduíches e umas frutas num tupperware e a gente almoça no carro, numa praça perto da escola dela. À noite a gente chega, janta, vê novela e vai pro quarto. A Gabi dorme e eu vejo televisão até o programa do Jô. Aos sábados a Ju, o Kinzinho e a Ana Laura vêm pra cá e ficam na maior farra. No programa do Gugu, eles sobem no sofá e ficam pulando feito uns malucos.

*Passarinho quer dançar,
o biquinho balançar,
piu piu piu piu.*

É o maior barato. De vez em quando eu passo o fim de semana na casa dos meninos, a gente janta fora ou vai num barzinho e eu mato a saudade de São Paulo e deles. Mas meu negócio agora é caminhar na terra, deitar na rede, ir na cachoeira. Tem uma aqui perto, escondida no meio do mato, que é a coisa mais linda. À noite eu me enrolo no cobertor e deito na rede com o Barão e a Princesa, um de cada lado. Pensar que eu morria de medo de cachorro.

Quando eu vim pra cá, esse era um dos graves problemas. Como que eu ia viver com um cachorro imenso, bravíssimo, mestiço de pastor com fila, completamente antissocial?

Meu pai ganhou o Barão de um padre, primo da minha mãe. Aos dois anos ele era tão bravo que eles não puderam mais ficar com ele. Por sorte, era exatamente o que meu pai tava procurando, um cachorro bem bravo pra tomar conta do sítio. Na verdade, meus pais não gostam de cachorro. Só têm por necessidade. O coitado do Barão passava o dia inteiro trancado no canil, sem receber um carinho nem atenção de ninguém. À noite, quando meu pai soltava, ele saía querendo matar o primeiro que encontrasse.

Depois que eu vim pra cá, meu pai precisava esperar eu chegar de São Paulo, colocar o carro na garagem e entrar dentro da casa pra soltar o Barão. Aí eu não punha mais os pés pra fora de casa até o dia seguinte. Um dia eu me enchi dessa história e falei pro meu pai que eu queria ficar amiga do Barão. Ele não acreditou. Quando eu disse tava falando sério, ele foi até o canil e trouxe o Barão na corrente. Ele chegou perto de mim, cheirou, cheirou, abanou o rabo e foi comer. Meu pai viu que tava tranquilo e soltou ele da coleira. De vez em quando ele vinha me cheirar e voltava pra comida. Eu sentei na escada da cozinha e fiquei lá, vendo ele comer. Logo ele veio e deitou perto de mim. Eu fiz cafuné no pescoço dele. Na mesma hora, ele virou de barriga pra cima na maior felicidade. Eu fiz carinho na barriga dele. A Gabi e a minha mãe nervosíssimas dentro da casa, vendo tudo da janela. Daí a pouco eu tava rolando com o Barão no chão, pondo a mão dentro da boca dele. Foi a coisa mais incrível que eu jamais pensei viver.

Aconteceu com ele o mesmo que aconteceu comigo. Duas feras feridas loucas por um cafuné. Quando ele se sentiu amado, se derreteu. Conclusão, ele se apaixonou por mim e eu por ele. Ficamos totalmente relaxados um na presença um do outro. Mas ninguém se atreva a chegar perto porque a gente rosna e avança.

Eu via o Charles com os cachorros dele e pensava: nunca que eu vou ter uma relação dessa com um animal. Que idiotice. Não tem coisa melhor do que amar um cachorro e ser amada por ele. É o único amor incondicional que existe no mundo. O que eu sempre quis ter e nunca consegui.

Às vezes, à noite, eu vou pro terraço e fico lá com ele. Se ele percebe que eu tô chorando, ele chega perto, lambe o meu rosto. Eu olho pra cara dele e fico boa na hora.

Meu pai dava surras homéricas no Barão. Hoje ele nem pensa em encostar a mão nele. Ele nunca mais apanhou. A gente se ajuda mutuamente. O limite dele ainda é a porta da cozinha, mas quando meus pais não estão eu deixo ele entrar e andar por onde quiser. Nesse exato instante ele tá sentado na poltrona da sala, me olhando com a cara mais linda do mundo. Amanhã minha mãe senta no sofá e fala: "Tô sentindo um cheiro de cachorro, por que será?". Eu e a Gabi temos que nos segurar pra não dar risada.

Além do Barão, tem a Princesa. O Kinzinho ganhou ela de presente de um amigo, só que como minha irmã não queria cachorro no apartamento ela veio pra cá. Ela é mestiça de paulistinha com cocker. O que o Barão tem de bravo ela tem de fofa e mansinha. Por ser filhote, ela tem privilégios que o Barão não tem. De dia pode ficar dentro de casa, mas à noite dorme numa caixa no terraço. A menos que meus pais não estejam em casa. Aí eles dormem no meu quarto, ao lado da minha cama.

Em maio, um dia voltando da USP eu vi o carro do Charles do outro lado da avenida. Fiquei maluca. Fechei uns dez carros que estavam na minha frente, fiz retorno na contramão e fui atrás dele buzinando e dando sinal de luz. Quando ele me viu pelo retrovisor, estacionou o carro e ficou esperando. Eu parei atrás e fui até lá. O Felipe tava no banco de trás. Ele ali na minha frente e eu sem saber o que falar. Eu não sabia porque tinha parado. Não sabia se eu queria xingar, bater na cara dele ou beijar ele na boca.

— Oi, tudo bem?
— Tudo, e você?

Os dois tensos sem saber o que falar. Eu contei que tava saindo da faculdade e indo pro sítio. "Eu tô morando em Caucaia." Ele disse que tinha pego o Felipe no clube e tava indo buscar a Tereza na USP.

— Aparece na faculdade qualquer dia pra gente conversar.

— Pode deixar que eu apareço.

Fui embora pensando se ele ia mesmo aparecer. Acho que ele só parou o carro porque eu praticamente o obriguei. Vai ver nem quer mais me ver. Deve estar numa boa com a Tereza. Mas nem precisei me angustiar. No dia seguinte, quando cheguei na faculdade, dei de cara com ele no saguão. Fomos pro bar, pedimos um café, uma cerveja e passamos a tarde conversando. Passaríamos a noite e o resto da vida se possível fosse. Era tanta coisa pra contar, tantos casos engraçados desde a última vez que a gente tinha se visto, tanta saudade, tanta jura de amor, tanta gargalhada que todo o tempo do mundo ainda era pouco. Ele passou a ir dia sim, dia não à faculdade. Me dava um sinal na porta da sala de aula e descia pro bar. Eu assinava a lista e descia pra me encontrar com ele. Ficávamos no bar da Sociais, da História, no Rei das Batidas ou íamos pra um motel ali por perto. Dessa vez ninguém podia saber que a gente tava se encontrando. A coisa era séria. Ninguém mesmo. Se eu voltasse a me encontrar com o Charles tava expulsa do sítio. Se ele voltasse a me ver, idem idem. A única que sabia de tudo e torcia por nós era a Gabi, nossa cúmplice nos melhores e piores momentos.

Daí pra frente minha vida virou uma fita de cinema com lances de suspense dignos de Hitchcock. Todos os encontros e telefonemas tinham de ser escondidos. O telefone aqui no sítio é no meio da sala e a única extensão é na cabeceira da cama dos meus pais. É totalmente impossível falar com ele sem que alguém ouça. Com o Charles, a mesma coisa. Até pra ligar a gente tem que marcar dia e hora. Quando eu preciso falar urgente com ele, tenho que ir na vila, ligar do orelhão e ficar rezando pra ele atender. Geralmente quem atende é a empregada ou a Tereza. Aí começa a ladainha de desligar e tentar de novo. Um simples telefonema é stress pra uma semana. Quando ele quer falar comigo é a mesma coisa. Depois da terceira vez, minha mãe fica puta: "É o mudinho de novo". Se a gente marca a hora que vai ligar, o outro fica por perto e atende no primeiro toque, antes que um aventureiro lance mão.

Às vezes ele pega o carro da Tereza, diz que vai comprar ração na Raposo e vem até aqui. Correndo, evidente. Passa aqui na frente, buzina o nosso código. Eu largo o que tiver fazendo, pego o carro e digo que vou comprar cigarro na vila. A gente se encontra na porta da igreja, dá um oi, toma uma coca-cola na padaria e tchau. Agora, imagina quantas vezes eu não cismei que era a buzina dele, saí correndo e não era. Chegava lá, cadê o Charles? "Era a sua buzina." "Não era.". "Juro por Deus que era." Enfim, confusão atrás de confusão. Um dia eu ainda escrevo um livro sobre o que eu e o Charles passamos este ano. Nem na época das cavernas era tão difícil uma pessoa falar com a outra. Quando a gente conseguia era uma loteria.

Nos dias que a Tereza não vai pra São Paulo, ele me espera embaixo do viaduto da Granja. Eu passo e pego ele. A gente deixa a Gabi na escola e ele vai comigo pra USP. À tarde pegamos a Gabi e voltamos pra casa, não sem antes parar num bar da Raposo pra beber a última. Aos fins de semana é mais difícil. Mesmo assim, de vez em quando eu invento que vou ao cinema com os meninos e a gente almoça no Bem-te-vi e passa a tarde vendo Faustão em algum motel da Raposo. Eu volto do tal "cinema" completamente bêbada, rezando pra que Nossa Senhora do Porre me traga sã e salva pra casa.

Meu pai comprou uma fazenda em Lins e, graças a Deus, eles têm ido muito pra lá. Aí era perfeito porque o Charles vinha pra cá e a gente aprontava todas. Eu, ele, a Gabi e os cachorros. Fazíamos altos rangos, acabávamos com as bebidas do meu pai, ouvíamos música nas alturas, dançávamos. Se minha mãe soubesse o que acontece quando ela viaja, caía dura e preta pra trás. Quando ele começava a extrapolar, eu enfiava ele no carro e levava ele embora. A Gabi, pra variar, ia dormindo no banco de trás.

Um dia eu tava sozinha aqui, bebendo, ele não pôde vir. Eu fui ficando tão mal que fui ao quarto do meu pai e peguei um revólver que ele tem no criado-mudo. O mesmo desde a minha infância, um 38 com cabo de madrepérola. Sei lá se aquilo funcionava, se tinha bala. Eu nunca dei um tiro na vida. Meu medo era errar a pontaria e ficar paralítica. O filho de uma amiga da minha mãe tentou se matar e virou um vegetal que vai ter que ser cuidado pela mãe até o fim da vida. Minha mãe não merecia uma coisa dessa. Coloquei o revólver na gaveta e liguei pro Guto, aos prantos. Ele falou pra eu ficar calma que eles tavam vindo pra cá imediatamente. Depois de cinquenta minutos o carro do Caio apareceu no portão. Eu chorei, pra caramba, falei do stress que tava vivendo. Eles ficaram aqui um tempo, eu abri uma cerveja. Quando eles foram embora eu tava bem melhor.

No segundo semestre eu quase não vi o Charles. Ele teve pedra nos rins e ficou de cama, sob os cuidados da Tereza. Além disso, eu tinha que estudar pra não pegar nenhuma depê. Já pensou? Eu vim pra cá só pra estudar, se não fizer isso direito, tô ferrada.

Esse ano foi tão zebrado que até a mãe do Charles um dia inventou de me ligar. Ele tinha ido na casa dela e ligado pra mim de lá, do telefone que fica ao lado da cama dela. A velha moribunda presa numa cama há 12 anos percebeu e, assim que ele foi embora, deu um redial e acabou comigo. Falou coisas absurdas, assustadoras. Me xingou de tudo que é nome, fez ameaças, disse que ia mandar matar minha filha, que ia contar pra minha mãe que eu era uma puta que tava acabando com a vida do filho dela. Eu fiquei apavorada. Uma voz grossa, mal articulada. Parecia uma bruxa me rogando praga do além. Eu passei a noite em claro, morta de medo. Quando contei pro Charles, ele ficou louco e disse que deu a maior bronca na mãe. Mas eu não acredito.

Outra tragédia que aconteceu foi a eleição do Collor. A gente demorou 29 anos pra eleger um presidente e quando elege é essa múmia. A Globo fez a maior sacanagem com o Lula. Um dia antes da eleição eles editaram o *Jornal Nacional* de um jeito que ele só podia perder. Pra completar, no dia da eleição o Abílio Diniz foi sequestrado e a polícia encontrou "fortes indícios" de que tinha sido coisa do PT. Quero só ver o que o caçador de marajás vai fazer. Ele tá prometendo mundos e fundos. Esse ano só a gasolina subiu mais de 600%. A inflação passou de 1700%, sabe lá o que é isso? Só se viu coisa parecida na Alemanha pré-nazista. Você vai no supermercado de manhã é um preço, à tarde outro, de noite outro. Uma notícia boa foi a queda do muro de Berlim. O comunismo tá com os dias contados. Graças a Deus.

Agora que eu tô de férias, vejo televisão e faço tapete o dia inteiro. É a minha nova mania: fazer tapete arraiolo. Compro a tela crua e crio os desenhos, imensos, bem coloridos, um mais lindo que o outro. Bordo o dia inteiro sem parar. Se eu vendesse, ganharia uma boa grana, o metro quadrado de arraiolo é caríssimo, mas eu não faço a menor ideia de como fazer, pra quem oferecer, desconheço totalmente esse mercado, vou enrolando e colocando no armário. Daqui a pouco não tem mais lugar. De vez em quando vendo algum pra uma prima, dou de presente pros amigos. Minha mãe já deu vários de presente de casamento.

Vou desligar. A fita tá acabando e a *Tieta* tá começando. Eu amo essa novela. A Arlete Sales tá dando um show.

Torçam pra minha perna ficar boa logo.

Feliz ano novo!

FITA NÚMERO 7 - 1990

Olá, boa noite. São precisamente 21 horas e 50 minutos do dia 27 de dezembro de 1990, uma quinta-feira estranhamente fria pra esta época do ano. Eu tava assistindo *Meu bem, meu mal*, a pior novela de todos os tempos, quando vi a chamada da retrospectiva da Globo e lembrei da minha, que faço todo ano na mesma época que a Globo faz a dela. Como a Gabi não tá em casa, eu desliguei a tevê, liguei o gravador e tô aqui. Se ela estivesse em casa, não me deixaria desligar porque ela simplesmente ama essa novela. Ela e Bia, uma amiga dela da escola, passam o dia imitando o Lima Duarte falando "melão, melão". É gozadíssimo, eu morro de rir.

Por falta de cerveja, peguei um restinho de vodca que eu tinha no freezer e vou tomar bem devagarinho pra não acabar logo. Vodca é um perigo. Se bobear, eu começo a cantar e não gravo porra nenhuma.

Vamos começar com uma breve reflexão. Outro dia eu li não sei onde que a memória não é um registro confiável. A gente só lembra do que quer lembrar, o resto mandamos pro fundo de um poço sem fundo e apagamos pra sempre. Nossa memória é altamente seletiva. Ela só lembra do que "convém" lembrar. Por isso, se quisermos recordar o passado, o melhor é recorrer a fotografias, diários, enfim, algum registro físico.

Nesse sentido essas fitas são legais porque eu acabo tendo um registro confiável do que vivi a cada ano, desde 1984, quando gravei a primeira fita. Na minha velhice, vou poder ouvir de viva voz o relato de como eu estava, das coisas que me aconteceram num distante 1990, quando eu tinha só 39 aninhos. Infelizmente nem as fitas são confiáveis. Quem disse que eu conto tudo? Quem disse que eu não deixo de lado um monte de coisa que merecia ser lembrada? Pensando bem, que importância pode ter o que eu vivi ou deixei de viver daqui sei lá quantos anos? Por acaso meus netos ou bisnetos vão querer saber com quem a avó deles trepou, se usou camisinha, por quem ela tava apaixonada, quem fez a avó deles sofrer? Imagina... Eu gravo essas fitas por absoluta falta do que fazer. Geralmente é uma época que eu tô de férias, geralmente a Gabi não tá em casa, geralmente eu tô de bobeira e esse é um jeito divertido de passar o tempo. Só isso.

Quem me vê assim falando, tomando minha vodquinha, é até capaz de pensar que eu tô bem, né? Muito pelo contrário. Tô péssima. O Pedro tá nas últimas no hospital, pode morrer a qualquer momento. Em maio ele ficou sabendo que tava com aids. Menos de um ano e tá nas últimas. Foi galopante. Ele passou por milhões de médicos, fez tudo que é exame mas não teve jeito. Um cara lindo como ele, morrer aos 37 anos é uma tragédia sem igual. A aids tá matando cada dia mais gente. Um horror. A Gabi tá sabendo de tudo. Ninguém escondeu nada dela. Ela vai pra casa da avó todo fim de semana, fica lá com ele, vai visitá-lo no hospital. Por incrível que pareça, ela acaba dando força pra todo mundo. Pro Pedro, pros avós, pros tios. Não dá pra acreditar que eu tenha uma filha tão equilibrada.

Minha mãe acha que eu devia falar claramente com ela sobre a morte do Pedro mas eu acho bobagem. Ela tá careca de saber. Pra que adiantar um sofrimento que daqui a pouco vai ser inevitável? Só o que eu fiz foi avisar a Jaqueline pra ela trabalhar isso na ludo. Não é fácil perder o pai aos 12 anos. Infelizmente, acho que dessa vez ele não sai vivo do hospital.

Meus pais tão arrasados. Eles gostam do Pedro como de um filho. Às vezes acho até que eles gostam mais dele do que de mim. Eu sempre fui vista como a louca que acabou com a vida do coitadinho. Eles vão quase todo dia ao hospital. Eu nunca fui. Tenho certeza de que a última pessoa que o Pedro quer ver nessa hora sou eu. Depois que ele piorou, a gente só se viu uma vez, num dia em que levei a Gabi na mãe dele e ele tava na sala almoçando. De pijama, superabatido, com uma aparência péssima. Mal me cumprimentou, abaixou a cabeça e continuou comendo. Eu vim embora aos prantos. Sabia que aquela seria a última vez que eu o via com vida.

Eu tô morando em São Paulo de novo, no Caxingui, numa casa imensa que de dia é uma loja de móveis de escritório dos meus pais e de noite é minha casa. Na parte da frente eles fizeram o show room e o escritório. A cozinha e o banheiro são comunitários e depois, na parte que é mais minha que deles, tem uma sala e dois quartos bem grandes. No fundo tem um quintal imenso onde o Barão e a Princesa se esbaldam. Eles agora moram comigo. De dia eles ficam no quintal. À noite, depois que meus pais fecham a loja e vão embora, a casa é toda deles. Eu e a Gabi temos que pedir licença pra sentar no sofá e ver televisão. Eles se esparramam por onde querem.

Eu trouxe todos os meus móveis do sítio. Aqui tem lugar de sobra. Eu e a Gabi voltamos a dormir em quartos separados. Os quartos são imensos com armário embutido na parede inteira. No meu, tem a cama de solteiro, a escrivaninha, a vitrola, uma estante com todos os meus livros e discos e ainda sobra espaço. No da Gabi tem um beliche, uma escrivaninha e os brinquedos, bonecas, Barbies e coisas da Barbie. Meus pais continuam morando no sítio e vêm todos os dias pra São Paulo. Abrem a loja de manhã e fecham à noite. Enquanto a loja tá aberta, eu fico no meu quarto lendo, escutando música, ou na sala fazendo tapete e vendo televisão. Comprei um telefone só pra mim e coloquei no meu quarto. Aqui a minha privacidade é bem maior. Eu posso ligar a hora que quiser pra quem quiser. Eles continuam me sustentando. Eu terminei a faculdade em junho mas ainda não sei o que fazer. Nem meu diploma eu peguei.

Em outubro prestei concurso pra sociólogo na Prefeitura. Acho que fui bem, mas o resultado só sai no ano que vem. Essas coisas demoram pra caramba.

Enquanto isso, continuo firme nos tapetes e na televisão. Modéstia à parte, meus tapetes tão cada vez mais lindos. Tenho mais de trinta guardados, de todas as cores e tamanhos.

Como eu não sabia o que fazer, resolvi prestar exame pra pós e tentar o mestrado. O exame é agora, em fevereiro. Eu devia estar estudando muito mais do que estou, mas com essa história da doença do Pedro, de ter que dar toda a atenção do mundo pra Gabi, eu não tô com cabeça pra estudar porra nenhuma. Meu projeto é sobre os professores das Ciências Sociais que conciliam a vida na universidade com a prática do candomblé. Nas Ciências Sociais tá cheio de professor que de dia estuda religião e disseca o candomblé cientificamente e de noite bate cabeça pro pai de santo no terreiro. E não é nem que eles vão lá de vez em quando, jogar búzios uma vez ou outra, tem esses também, mas os que eu quero estudar são os que fazem parte do cotidiano do terreiro, têm cargos e obrigações lá dentro.

Em São Paulo tem um terreiro que é conhecido como o terreiro dos doutores. O pai de santo é o Doda, um mulato alto, forte, uma bicha cheia de chiliques com uma língua ferina. O terreiro dele fica no Piqueri e é o maior astral. Eu já fui lá muitas vezes.

Na primeira vez eu fui jogar búzios. Sempre tive a maior curiosidade. Já tinha ido a cartomante, quiromante, jogado I Ching, Tarô, mas búzios nunca. Eu queria saber qual era o meu orixá. Deu Iemanjá na cabeça. Parece até que eu sabia. Sempre tive a maior simpatia por ela. Talvez por saber que ela correspondia à Nossa Senhora, sei lá.

Quando contei pro Doda sobre o meu projeto, ele deu risada.

— Chi... Aqui no terreiro você vai ter material de sobra. O que não falta é professor da USP. Eles vivem atrás de mim pra tudo. Doença, problema com a família, briga entre eles, disputa de cargos. Tem muita tese que foi resolvida aqui dentro — ele falou com a certeza dos que sabem o poder que têm.

No final da consulta, tomei um banho de ervas e saí de lá leve como uma pluma. Já entrevistei o Doda, os filhos dele, fui a algumas festas. Aí é a coisa mais gozada. Você olha pros lados e pensa que tá no saguão da faculdade. Só tem professor e aluno da Sociais. Eles começam indo pra pesquisar, vão se envolvendo e vão ficando. Tem uns que abandonam a universidade e resolvem virar pai de santo. Outros continuam com um pé lá e outro cá.

A minha orientadora não é do candomblé. Pelo contrário, ela é super-racionalista. Um dia, na aula, ela tava falando sobre o numinoso, a aura do sagrado, de repente, vira pra classe e fala: "Claro que aqui ninguém acredita nisso". Eu dei um pulo na cadeira. Como assim? A sala tava cheia de gente católica, protestante, evangélica, do candomblé. Isso sem falar na sala dos professores! Como que ela podia fazer uma afirmação daquela? Fiquei com isso martelando na minha cabeça até que veio a ideia de pesquisar essa esquizofrenia que as pessoas vivem (ou não) entre o conhecimento científico e a experiência religiosa mais primitiva.

Quando fui falar com ela, ela achou a minha ideia interessante mas não ficou muito entusiasmada. Mesmo assim, topou me orientar. Me indicou uns livros, conversou comigo duas ou três vezes, mas a verdade é que eu tô me sentindo completamente sozinha e abandonada. Tô escrevendo umas coisas da minha cabeça, lendo uns livros, mas tô sem orientação nenhuma. Sei lá onde isso vai dar.

A Gabi adora ir no Doda. Principalmente nas festas. As roupas são maravilhosas, a música, a dança, as comidas deliciosas. Ela se diverte. Um dia eu caí na besteira de levar a Ana Laura e foi um horror. Quando começou o batuque e entrou o primeiro orixá a menina abriu um berreiro e não tinha jeito de parar. Tive que ir embora e levar ela pra casa. Nunca mais levei ninguém.

A Gabi mudou de escola. Foi pro Equipe. Vai começar a 6ª. série lá. Parece que é um colégio muito legal, tem uns professores bacanas, uma linha pedagógica avançada mas com disciplina. Vamos ver se agora vai. Até aqui, ela veio aos trancos e barrancos. Se eu não obrigo e ponho ela sentada, ela não abre um livro, não faz uma lição. De manhã é briga todo dia. Eu tenho que arrancar ela da cama, repetir mil vezes a mesma coisa. Ela não presta a menor atenção. É um stress danado, pra mim e pra ela.

Este ano a nossa vida não foi fácil. Só de casa nós mudamos três vezes. Eu morei no sítio até junho. De junho a outubro eu morei no Labitare. Em outubro, mudei pra esta casa, onde espero ficar um bom tempo.

A confusão começou em abril, quando a Tereza teve um enfarto, foi operada e quase morreu. O Charles ficou na Granja com o Felipe, completamente histérico. Assim que ela saiu do hospital, a família dela achou melhor que ela ficasse com eles, em São Paulo. O Charles e o Felipe continuaram na Granja. Ele, bebendo o dia inteiro, sem cuidar de nada. Um dia ele me ligou pedindo pra eu ir pra lá, que ele tava precisando de mim, pra eu ajudá-lo pelo amor de Deus. Falei pra minha mãe que era um caso de vida ou morte, que o Charles tava precisando de mim, catei a Gabi e fui.

De dia, eles iam pra São Paulo e passavam a tarde com a Tereza, à noite voltavam pra Granja. Eu pegava a Gabi na escola e também ia pra lá. Aí era uma farra. A gente jantava fora, brincava com as crianças, fazia show, bebíamos e ouvíamos música a noite inteira. "Que pena que a nossa vida não é sempre assim", lamentávamos. Só que, pra nossa tristeza, a Tereza foi melhorando, ficando de saco cheio de ficar na casa dos pais e resolveu voltar pra casa dela. Acabou nosso recreio. Catei minhas coisas e voltei pro sítio.

O Charles ficou péssimo. Não só pela Tereza ter acabado com a nossa festa, como por ele agora ter em casa uma mulher doente que exigia mil cuidados, comida especial, repouso, silêncio e uma montanha de remédios na hora certa, na dose certa. E ele bebendo e fazendo escândalo a noite inteira. A situação tava tão preta que os pais da Tereza queriam levar ela de volta pra São Paulo. Mas aí ela bateu o pé e botou o Charles pra fora de casa.

Num domingo eu tava no sítio sossegada vendo televisão, ele me liga desesperado: "Vem me buscar. A Tereza me botou pra fora de casa com a roupa do corpo. Me ajuda pelo amor de Deus". Eu coloquei minha capa de mulher maravilha e saí correndo pra salvar o meu amor das garras da bruxa malvada. "Oh, que judiação, coitadinho. Como ela pode fazer uma coisa dessa com o pobrezinho? Como ele sofre na mão dessa megera." No caminho lembrei de uma amiga da minha irmã que tinha um apartamento pra alugar no Labitare, um conjunto de prédios no km 13 da Raposo Tavares, parei num orelhão, pedi o telefone dela pra minha irmã e de lá mesmo liguei perguntando se ela podia ceder o apartamento pra um amigo meu que tava precisando de um lugar pra ficar por uns dias. Ela foi gentilíssima e disse que ele podia ficar o tempo que quisesse. Quando cheguei no viaduto onde o Charles tava me esperando, ele não sabia, mas já tinha onde ficar, e pelo tempo que quisesse. Nem eu acreditava na minha eficiência. Como dizia a minha avó, "eu sou um colosso". Passamos na casa da Sandra, pegamos a chave e fomos pro apartamento.

Uma sala, dois quartos, banheiro, cozinha e área de serviço tudo pequenininho, muito bem cuidado, recém--pintado, carpetado. O apartamento tava vazio mas tinha armário na cozinha e nos quartos, além de um colchão de casal num dos quartos. Caído do céu. Saímos de lá e fomos comemorar numa pizzaria ali perto. Depois da terceira cerveja, ele falou o que nós dois já sabíamos:

— Você vem morar comigo. É a nossa chance. É agora ou nunca.

Foi o tempo de deixar ele no apartamento e correr pro sítio avisar meus pais que eu tava indo embora de lá. Depois dos choros e gritos, veio a saraivada de perguntas: "A Gabi vai com você? Do que vocês vão viver? Por acaso ele tá trabalhando? Você acha que ele vai te sustentar? E a faculdade?". Claro que a Gabi ia comigo. A faculdade, eu tinha terminado, só faltava colar grau e pegar o diploma. Pra outras perguntas eu não tinha resposta mas a gente ia dar um jeito. "É a coisa que eu mais quero na vida, esperei a vida inteira pra morar com ele. Não se preocupem, eu estarei bem." "Você não sabe o que tá fazendo", dizia minha mãe aos prantos. "Isso é briguinha de marido e mulher. Já já o Charles volta com a Tereza e você tá ferrada."

No dia 12 de junho, dia dos namorados, eu cheguei no Labitare com a mudança, o mínimo necessário pra gente viver na casa nova: geladeira, fogão, máquina de lavar, o sofá, mesa, cadeira e a cama da Gabi. O resto continuaria no sítio. Eu me lembro que eu abri a porta e pensei: "hoje é o dia mais feliz da minha vida. Eu sou a mulher mais feliz sobre a face da terra."

Os homens levaram a mudança lá pra cima e daí pra frente eu arrumei tudo sozinha. Passei o dia limpando e colocando as coisas no lugar enquanto o Charles e a Gabi assistiam televisão às gargalhadas. À noite, como recompensa, eles me levaram pra comer uma pizza.

O que me dava mais raiva é que na Granja o Charles cozinhava, arrumava, lavava roupa, limpava banheiro. Comigo nunca lavou uma xícara, nunca passou uma vassoura na casa nem fez um café. E ainda tinha a pachorra de me pedir café ou cerveja cada vez que eu levantava. "Aproveitando que você tá em pé..." Eu não abria a boca. Nem podia. Se eu der uma de chata, ele volta pra mulher dele. Afinal, eu era a mulher mais feliz do mundo, tinha que aguentar tudo de boca fechada. Minha esperança era de que, com o tempo, ele deixasse de ser uma visita e se tornasse um marido de verdade. Tudo que ele fazia era beber e assistir à Copa, aquela desgraça de Copa que a gente não chegou nem nas oitavas. Eu morria de saudade da mordomia que eu tinha no sítio e, principalmente, dos meus cachorros. E chorava escondido só de pensar neles lá no sítio, sozinhos, sem ninguém pra brincar nem dar carinho, abandonados no frio e na chuva. Como no apartamento não tinha telefone, toda noite eu descia no orelhão e ligava pra minha mãe pra ter notícia deles. Pra piorar, quando saí de lá a Princesa tava grávida. Logo depois, ela pariu seis cachorrinhos. Todo dia minha mãe falava: "Hoje morreram dois", "Hoje morreu mais um", até que morreu o último. Eu tinha certeza de que se eu tivesse lá, isso não teria acontecido.

O Charles bebendo cada vez mais. Ele e a Gabi pareciam duas crianças. Em vez de marido eu agora tinha dois filhos, sendo que um me dava muito trabalho.

O Pedro não se conformava da Gabi estar morando naquele lugar, naquela situação. Um dia ele vira pra mim e diz que tava pensando em levar ela pra morar com ele. Eu fiquei louca.

— Pode tirar o cavalinho da chuva. Minha filha você não leva nem fodendo. Ela vai ficar onde eu estiver. Só por cima do meu cadáver. Nunca, jamais, em tempo algum. Esquece! — brigamos pra caramba por causa disso. Só que logo depois ele piorou e teve que desmanchar o apartamento e ir morar com a mãe. Aí não se tocou mais no assunto.

Na verdade, a Gabi era a menor das minhas preocupações. Ela e o Charles sempre se deram superbem. Mesmo bêbado, no maior dos porres, ele nunca fez nada de mal pra ela. Pelo contrário, fazia todas as vontades e deixava ela fazer o que quisesse.

De manhã, eu ajudava ela na lição e fazia todo o serviço da casa. O Charles acordava ao meio-dia, tomava um banho de meia hora e saía todo perfumado, perguntando o que tinha pra comer. E sempre reclamava. Minha comida sempre tinha um defeito. Depois do almoço, a gente deixava a Gabi na escola e eu ia com ele fiscalizar. Ele tava trabalhando de fiscal de novo. Ele entrava e saía dos consultórios e eu ia de motorista particular, até o dia em que a gente parou na porta de um consultório e ele pediu pra eu subir e ver se o dentista tava lá em cima pra ele não perder tempo. Aí foi a gota d'água. "Ora, vai se catar, seu folgado. Se vira. É você o fiscal, não eu." O problema era que eu já tinha terminado a faculdade, não tinha nada pra fazer, e preferia ir com ele do que ficar sem fazer nada em casa. À noite, depois do jantar, íamos os três pro quarto assistir *Pantanal*. Não perdíamos um capítulo. Quando terminava a novela, a Gabi ia pro quarto dela e eu voltava a ser a mulher mais feliz do mundo, rindo, bebendo e trepando até a manhã do dia seguinte.

Aluguel a gente não pagava. A Sandra nunca cobrou um tostão. O salário do Charles era só pra luz, pro condomínio, pra bebida e pra comer fora. Ele não perdia a mania.

Uma vez por semana, minha mãe passava no Labitare e me levava ao supermercado pra fazer a compra da semana. Ela me esperava lá embaixo e eu descia pra não ter perigo dela encontrar com o Charles. Ela sabia que, se não fizesse isso, eu e a Gabi morreríamos de fome.

Em julho ela ficou sabendo de um concurso pra sociólogo na Prefeitura e me obrigou a fazer a inscrição. Eu fiz, mais por ela do que por mim. Deus me livre de emprego público de novo na minha vida.

O Charles tava cada dia pior. Bebendo de noite e num mau humor do cão durante o dia. Uma hora eu não aguentei mais e dei um basta.

— Olha aqui, eu não sou a Tereza pra aturar marido bêbado dentro de casa me enchendo o saco. Ou você para de beber ou volta pra Granja.

Ele sabia que, quando o tom era esse, a coisa era séria. Eu não sou mulher de fazer ameaça que não posso cumprir. No dia seguinte, não só parou de beber como resolveu entrar num grupo do AA. Eu fui com ele na primeira reunião. O grupo se reunia nos fundos da igreja do Largo de Pinheiros, em frente ao Rei das Batidas, onde ele virou duas cachaças antes de entrar na reunião. No dia seguinte já foi sozinho e não bebeu mais. Ia toda noite e voltava na maior sobriedade. O problema da bebida tinha desaparecido mas agora tinha outro pior: a crise de abstinência. Ele passava o dia deitado, deprimido, chorando, com tremedeira. Eu levava tudo pra ele na cama, comida, remédio, suco, café. Eu tava disposta a qualquer sacrifício pra não vê-lo bêbado. Em breve eu seria de novo a mulher mais feliz do mundo. Eu e a Gabi tínhamos que falar baixinho e andar na ponta dos pés pra não fazer barulho, além de pensar dez vezes antes de falar qualquer coisa, porque tudo era motivo para crises homéricas, acessos de choro e depressão.

A Tereza volta e meia deixava presente pra ele na portaria. Perfume, bombom, camiseta, salgadinho da Ofner. Deixava lá embaixo e ia embora pra não ver a minha cara. Aos sábados ela vinha apanhá-lo para o sagrado almoço na casa da mãe dele. Eles continuavam firmes no disfarce de família perfeita.

Um dia o Felipe quis conhecer o apartamento. Quando o Charles apareceu com ele, eu fiquei toda feliz. "Pô, que legal! Ele tá assumindo a nossa relação, mostrando a casa pro filho." Mas a alegria durou pouco. Assim que ele entrou no quarto e perguntou se o Charles dormia na cama de casal, ele respondeu: "Não! Eu durmo no sofá da sala". Quer dizer, pro filho ele dizia que tava morando com uma amiga e não com a namorada. Quando a Tereza viajava, ele ia pra Granja cuidar da casa e dos cachorros. Eu aguentava tudo calada. Nada podia pôr em risco a recuperação dele.

Um dia ele chegou dizendo que uma amiga que ele não via há muito tempo tinha ligado e eles tinham combinado de jantar juntos. Algo em mim dizia que aquilo ia dar merda. Quando eu perguntei se ele não achava que era muito cedo pra sair com uma amiga, ele ficou puto. "Você não confia em mim? Juro por Deus que só vou tomar coca-cola e voltar cedo pra casa. Pode ficar tranquila." Não deu outra. Às duas da manhã o porteiro interfonou pedindo pra eu descer e pegar o Charles lá embaixo porque ele não tava nem conseguindo pegar o elevador. A tal amiga foi guiando o meu carro, deixou ele na porta e se mandou. O porre era tanto que ele sentou na escada do prédio e não conseguia subir. Eu queria matar ele, a amiga dele, o mundo. Fiquei com tanto ódio que não ajudei porra nenhuma. Ele foi de quatro até o elevador, se arrastando feito um verme. Assim que entrou no apartamento, capotou no tapete e por lá ficou. Eu me senti a mulher mais infeliz do mundo. De manhã, pedi pra ele sentar e ouvir com bastante atenção o que eu tinha pra dizer:

— Eu vô levar a Gabi na escola e passar a tarde fora. Se à noite, quando eu voltar, você ainda tiver aqui eu chamo a polícia pra te tirar à força.

Às seis horas, quando cheguei, ele e a Tereza estavam no quarto, catando tudo que era dele. Um ia pondo as coisas na mala e o outro levando pro hall do elevador. Quando levaram a última sacola, bateram a porta e foram embora sem nem um adeus, um até logo. Assim que eles fecharam a porta um quadro despencou da parede e se espatifou no chão. Saravá! Já vai tarde.

Isso foi dia 8 de setembro, dia de Nossa Senhora. Durou noventa dias o meu sonho de ser a mulher mais feliz do mundo. Assim que ele foi embora eu jurei pra Gabi que o Charles nunca mais entraria na nossa vida. Pra ela também esse período foi muito duro. Por mais que eu tentasse poupá-la, não tinha como não ouvir os porres, as brigas. Volta e meia eu passava a noite na cama dela, abraçada com ela, chorando. Depois que ele foi embora nós duas ainda continuamos no apartamento até que meus pais abriram a loja e a gente mudou pra cá.

Só que com essa história da doença do Pedro, eu fui ficando mal, deprimida, me sentindo sozinha, sem ter com quem conversar. Um dia eu peguei o telefone e liguei pro Charles. Depois de me ouvir um tempão ele falou o que eu mais queria ouvir: "Tô indo praí". Em meia hora ele tava na porta da minha casa com uma sacola cheia de cerveja.

Aqui é muito mais fácil pra gente se ver e se encontrar. Pra começar, o telefone é no meu quarto. Ainda que eu não possa ligar pra ele por causa da Tereza, ele pode ligar pra mim a qualquer hora. Um dos dois podendo, já facilita bastante. Fora que aos fins de semana meus pais nunca vêm pra cá. Ele passa o dia aqui na boa. Só teve um domingo que deu a maior zebra. De manhã, a gente tava tomando café na cozinha, eu escuto o carro do meu pai entrando na garagem. Corri com o Charles pro quarto da Gabi e mandei ele entrar embaixo da cama. Voltei pra cozinha como se nada tivesse acontecido. Dei de cara com a minha mãe no corredor. Ela ia num aniversário e tinha esquecido o presente no escritório. Ao ver a bagunça da cozinha, ela quis saber quem tinha estado lá. Falei que uma amiga tinha jantado comigo. Ela achou estranho mas não fez mais perguntas. O Barão e a Princesa latiam feito dois desesperados no quarto da Gabi pensando que o Charles tava brincando de se esconder. Eles queriam tirá-lo de lá a todo custo. "Por que os cachorros tão latindo desse jeito?", minha mãe perguntou estranhando a barulheira. "Eles devem ter visto algum rato." Bendita ideia! Ela tem pavor de rato. Não pode nem ouvir a palavra que sai correndo. No mesmo instante ela pegou o presente e saiu correndo. E eu nem falei de propósito! Assim que o carro saiu, fui tirar o Charles do esconderijo. Nós dois sentamos no chão do quarto e desatamos num riso que era choro e era riso ao mesmo tempo. Como que um homem de 44 anos e uma mulher de 40 podiam se submeter a uma situação daquela?

Um dia ele chegou tão bêbado que eu me recusei a abrir o portão. Ele fazendo o maior escândalo lá fora e eu vendo televisão, fingindo que não era comigo. De repente, ele aparece dentro da minha sala.

— Como você entrou? — perguntei sem acreditar no que meus olhos viam.

— Eu pulei o portão. Ou você acha que eu passei voando?

O doido tinha pulado um portão de dois metros com lanças na ponta e estava sem um arranhão! Dizem que bêbado é feito nenê, cai com o corpo tão relaxado que não se machuca. Se bem que o Charles vive se quebrando. Volta e meia ele tava com a mão ou o pé engessado. Aqui em casa mesmo, um dia ele levou um tombinho de nada, caiu de uma cadeira preguiçosa que eu tinha na sala e torceu o pé. Em meia hora o tênis não cabia mais. No dia seguinte, quando levei ele pra casa, ele teve que ir descalço. Passou um mês com o pé engessado.

Aliás, nesse mês aconteceu uma coisa superengraçada. A Tereza tinha ido viajar e ele ficou sozinho na Granja. Assim que ela saiu, ele me ligou e disse que a área tava limpa. "Vem pra cá." Em seguida ele ligou de novo perguntando se eu podia, antes de pegar a estrada, parar na Ofner e comprar camarão empanado porque ele tava morto de vontade. Sempre que eu ia me encontrar com ele, ele me pedia alguma coisa, cigarro, coca-cola, marzipã da Kopenhagen, pizza sei lá de onde. Eu passei na Ofner, comprei uma bandeja com seis camarões, gastei uma grana que eu sabia que não ia ser reembolsada e fui pra Granja.

Depois de uma longa espera no portão, lá vem ele de muleta pulando numa perna só.

— Estamos com um problema. A bruxa foi viajar e me deixou trancado aqui dentro. Ela levou a chave do portão. Mas pode deixar que eu já sei como fazer. Você vai até o vizinho, sobe no muro dele que é mais baixo, eu ponho uma escada do lado de cá e você desce.

Esperei mais quinze minutos até ele ir à lavanderia e voltar com a escada. Um cara com o pé engessado carregando uma escada não anda muito rápido. Eu fiz exatamente como ele falou. Subi no muro do vizinho, passei uma perna pro outro lado, depois a outra e alcancei o primeiro degrau da escada. Aí foi só dar a bandeja de camarões pra ele segurar e descer. Nós parecíamos duas crianças rindo e nos abraçando. "Conseguimos! Conseguimos!" Entramos na casa atrás de cerveja pra comemorar. Só então lembramos dos camarões. "Eu te dei." "Não deu." Deu, não deu, fomos ao jardim procurar. Tarde demais. Os cachorros tinham devorado até a bandeja de papelão onde estavam os camarões. Só ficamos com o perfume. Os cachorros lambiam os beiços deliciados. Fora esse incidente, o fim de semana foi perfeito. O Charles tava de ótimo humor, a gente trepou pra caramba, bebemos, deu tudo certo. De hora em hora a Tereza ligava pra saber como ele estava. Ele fazia a voz mais triste do mundo: "Tô me virando como posso". No domingo, assim que ela disse que tava vindo embora, eu subi de novo na escada e me mandei.

— Me liga quando você chegar — ele dizia do outro lado do muro — Eu te amo.

— Eu também.

Adivinha qual a primeira coisa que os vizinhos fizeram quando a Tereza chegou? Claro. Na outra semana ela chamou o Mauro pra ficar com o Charles, com ordem expressa de ficar de olho no muro.

A fita tá quase acabando mas eu ainda tenho mais uma coisa pra contar: o Guto e o Caio se separaram. O Caio tá namorando uma menina que trabalha com ele, completamente apaixonado. Ele saiu da alameda Santos e alugou um apartamento só pra ele. O Guto ficou pra morrer. Ser trocado por qualquer pessoa já é terrível, imagina por uma mulher. O engraçado é que eu vivia falando pro Caio: "Quando você tiver a fim de transar com uma mulher, me chama porque eu quero ser a primeira". Não fui.

Nossa, eu falei tanto que nem terminei a vodca. Vou fazê-lo imediatamente. Feliz ano novo pra todo mundo e não se esqueçam de que 91 é o primeiro ano da última década do século. Divirtam-se.

FITA NÚMERO 8 - 1991

Alô, alô, gravando. Buenas noches, senhoras e senhores. Feliz Navidad. Hoje é dia 25 de dezembro de 1991. Acabei de comer um sanduíche de tênder maravilhoso que eu trouxe do sítio, tomei um café maravilhoso que acabei de coar, acendi um cigarro maravilhoso e tô pronta pra gravar mais uma fita maravilhosa de final de ano. São precisamente 20 horas na capital paulista. A televisão tá muda na minha frente pra que eu veja quando começar *O dono do mundo*, a melhor novela de todos os tempos, que, infelizmente, tá terminando.

Eu passei o Natal no sítio. Hoje depois do almoço eu voltei pra São Paulo, deixei a Gabi na casa da avó dela e vim pra casa.

Esse ano o Natal foi superbaixo-astral. O primeiro depois da morte do Pedro. Todo mundo chorando, a maior tristeza. A sorte é que as crianças acabam alegrando a festa. Pra elas, tendo presente e coca-cola tá tudo certo.

Antes da ceia teve a clássica procissão que minha mãe organiza todo ano. As crianças vêm lá da porteira carregando o Menino Jesus, cantando com velas na mão e a gente fica no terraço assistindo. Na frente vêm os gêmeos com o Menino no colo, atrás vem o Kinzinho e a Ana Laura com as velas, depois a Ju e a Gabi e por último a Sônia, minha cunhada, tocando violão. Todo mundo na maior concentração, de cabelo penteado, roupa chique. Eles ensaiam a tarde inteira. Passam o ano esperando a procissão. Quando chegam na casa, colocam o Menino Jesus na manjedoura que está na mesinha de centro e sentam ao redor. Aí todo mundo faz silêncio e começam as orações, os agradecimentos e pedidos que cada um quer fazer. Todo mundo fala alguma coisa, inclusive as crianças. É a coisa mais bonitinha.

Se todo ano tem choradeira, imagina este. Só se falava do Pedro, da falta que ele faz, da saudade que ele deixou. Quando chegou a vez da Gabi, foi de cortar o coração. Ela agradeceu o pai maravilhoso que teve, disse que ele sempre estaria com ela no coração, agradeceu o carinho de todo mundo, pediu por mim, pelos avós. Só de lembrar me dá vontade de chorar. Depois que ela terminou, a Sônia puxou uma música bem animada pra levantar o astral e todo mundo cantou disfarçando as lágrimas.

Quando eu era pequena, o natal não tinha nada disso. A família se reunia, tinha árvore de plástico, presente, peru, castanha, mas o clima era totalmente pagão. Essa mania de reza começou há uns vinte anos, depois que meus pais fizeram o Cursilho. Foi aí que começou a conversão em massa da família inteira.

Dia 19 de janeiro vai fazer um ano que o Pedro morreu. Por coincidência, o mesmo dia da Elis, nove anos depois. Foi o dia mais triste da minha vida. Era um sábado e a Gabi tava passando o fim de semana no sítio com a minha mãe.

Minha mãe tinha levado ela e a Ju pra se distraírem um pouco. A Gabi tinha passado a semana no hospital com o Pedro. Ela ia pra lá todos os dias com a avó. Às 8 e meia a irmã do Pedro ligou pro sítio pra avisar que ele tinha morrido. Assim que minha mãe entrou no quarto e olhou pra Gabi, ela falou: "É o meu pai, né?". Minha mãe nem precisou dar a notícia. Ela teve uma explosão de choro que durou dez minutos. Depois se acalmou e pediu pra vir pra São Paulo ver o Pedro. Nesse meio-tempo, minha mãe já tinha ligado pra me avisar e combinado de passar aqui pra me pegar pra eu ir junto ao velório. Quando a Gabi chegou, a gente se abraçou e ficamos as duas em silêncio, chorando.

Nem que eu viva cem anos eu vou esquecer a cena dela se aproximando do caixão do Pedro. Ela chegou bem perto, passou a mão no vidro e ficou ali um tempão como se tivesse alisando a barba dele. O Pedro usou barba até o fim da vida. Ela parecia uma mulher adulta. Não saiu de perto um minuto, o tempo todo preocupada com os tios, com os avós, perguntando se eles precisavam de alguma coisa, mandando a avó descansar. A família do Pedro é muito forte. Eles aguentaram firmes até o fim. Se fosse a minha, ia ser um festival de histeria, todo mundo se descabelando, gritando, desmaiando na beira do caixão. Eles ficaram ao lado do filho morto até a última pá de terra cair sobre seu corpo. Graças a Deus a Gabi puxou pra eles.

Como se não bastasse a morte do Pedro, nesse mesmo dia tinha acontecido uma outra tragédia: a Princesa tinha sido atropelada e estava nas últimas.

À tarde, eu tava vendo televisão quando percebi que fazia muito tempo que eu não a via. Ela tem mania de se enfiar embaixo da cama e ficar lá dormindo. Eu levantei e fui procurar. Chamei, chamei e nada. Ela não tava em lugar nenhum. Começou a me bater um desespero. Quando saí pra rua, vi ela estendida no meio da avenida, sem mexer um músculo. Fiquei desesperada e corri pra lá do jeito que eu tava, descalça, sem nem olhar pros carros que passavam. Só ouvia buzina e brecada nas minhas costas. Catei ela do chão e corri pra dentro de casa sacudindo ela feito louca pra ver se reanimava. O rosto dela tava deformado de tão inchado e de tanto sangue que tinha. Não dava mais pra ver onde era olho, focinho, boca. Coloquei ela em cima da mesa do escritório e gritava pra ela acordar: "Acorda, Princesa, pelo amor de Deus, acorda". Ela ainda tava respirando. Eu precisava fazer alguma coisa. Não podia ficar ali parada vendo minha cachorra morrer.

O carro da minha irmã tava na garagem na frente do meu. Um carro imenso importado, hidramático. Eu não tinha tempo de tirar o dela e pegar o meu. Catei a chave do dela, coloquei a Princesa ao meu lado e saí guiando um carro que eu nunca tinha guiado na vida.

E cadê de eu achar um veterinário aberto àquela hora? Eram seis e pouco da tarde. Eu morava aqui há pouco tempo, não conhecia o bairro direito. A primeira ideia que me ocorreu foi ir pra USP. Eu sabia que lá tinha um hospital veterinário. Péssima ideia. Fiquei rodando feito tonta, sem ninguém pra dar informação. Tava escurecendo e eu cada vez mais desesperada. Depois de um tempo cheguei na porra do hospital mas dei com o nariz na porta. Eles não têm pronto-socorro e não atendem aos fins de semana. A

Princesa tava cada vez pior, sujando todo o carro de sangue e eu gritando pra ela não morrer: "Não faz isso comigo, reage, Princesa, pelo amor de Deus".

Na saída da USP tinha uma clínica veterinária aberta. Estacionei o carro de qualquer jeito e entrei correndo berrando feito louca. "Minha cachorra tá morrendo. Socorro. Me ajudem". Quase bati na recepcionista quando ela pediu pra eu preencher uma ficha. "Você não tá vendo que a minha cachorra tá morrendo?" Finalmente o veterinário me atendeu e falou que ela tava nas últimas.

— Não tem mais nada a ser feito. A pancada foi muito forte, ela teve hemorragia interna, já perdeu muito sangue. Se quiser, pode levá-la pra casa, mas eu aconselho a deixá-la aqui mesmo. É questão de horas.

Eu queria matar o cara.

— O senhor acha que eu vou deixar minha cachorra sozinha nessa clínica? De jeito nenhum. Ela vai comigo. Se tiver que morrer, ela morre na minha casa.

Ele limpou os ferimentos, deu uma injeção, uns analgésicos e eu fui embora. Quando cheguei em casa, fiz uma cama pra ela ao lado da minha e fiquei passando a mão na cabeça dela, chorando e rezando pra ela não morrer. Era este o cenário quando minha mãe ligou avisando que o Pedro tinha morrido. É por isso que eu digo que esse dia foi o dia mais triste da minha vida. Tive que deixar minha cachorra morrendo e ir com a minha filha ao velório do pai dela. Fiquei lá até umas cinco da manhã e voltei pra ver como a Princesa estava. Assim que ela me viu, levantou um pouquinho a cabeça. Eu catei ela no colo e quase matei ela de tanto beijo e apertão que eu dei. No estado em que ela estava, aquilo era um milagre. Entupi ela de remédio e voltei pro velório, agora já bem mais calma.

O velório tava lotado. O Pedro sempre foi muito querido. A família dele, a minha, os amigos do bairro onde ele morou a vida inteira. Ninguém nunca teve um defeito pra apontar nele. O único foi ter se casado comigo. A louca que nunca lhe deu o merecido valor. Ninguém nunca entendeu porque eu me desquitei de um homem tão bom, tão bonito, tão trabalhador, um ótimo marido e ótimo pai como ele. Se eu explicasse, ninguém ia entender, então eu calava a boca.

Depois do enterro, eu e a Gabi voltamos pra casa e tocamos a vida pra frente. Eu cuidava dela, ela cuidava de mim e nós duas cuidávamos da Princesa, que exigia nossos cuidados o dia inteiro. Foi uma ótima distração. Toda hora tinha que dar água, remédio, colocar ela pra andar. Aos poucos ela foi melhorando, conseguindo ficar em pé sozinha, comendo, até que ficou boa e voltou a correr pelo quintal. Essa cachorra ressuscitou dos mortos. Apesar de ter ficado completamente lelé da cuca, mais do que já era, ela continua sendo a alegria da casa. Ela e o Barão, que continua lindo e forte como sempre. Minhas paixões.

Meu exame na pós foi um fracasso. O exame foi um mês depois da morte da Pedro, imagina se eu tinha cabeça pra discorrer sobre a fricção entre a racionalidade do saber científico e a irracionalidade do candomblé nos doutores da USP. Levei o maior pau. Nem fui chamada pra entrevista.

E agora? O que fazer? Eu tava de novo sem saber que rumo tomar na vida. Eu tinha diploma de socióloga mas isso pouco adiantava. Eu ia botar o diploma debaixo do braço e sair batendo de porta em porta perguntando se tinha emprego pra socióloga? Por outro lado, eu não podia continuar vendo televisão e fazendo tapete pelo resto da vida. Muito menos sendo sustentada pelos meus pais. O problema é que eu não tinha a menor vontade de fazer porra nenhuma. Tava numa depressão atroz. Quanto mais deprimida eu ficava, mais eu me prostrava e não fazia nada mesmo. Até pro Espírito Santo eu apelei.

Uma tarde vi o padre Haroldo dando uma entrevista na televisão. Eu conhecia ele dos anos 70, quando ele trouxe a Renovação Carismática pro Brasil. Nessa época eu trabalhava no Emaús. Um dia o padre Calazans chegou pra gente e disse que um padre americano vinha dar uma palestra sobre um movimento novo que ele tava trazendo dos Estados Unidos. A palestra foi um arraso. O padre Haroldo falava umas coisas que a gente nunca tinha ouvido. Segundo ele, qualquer pessoa era capaz de fazer milagres, curar, profetizar, falar línguas. Bastava invocar os dons do Espírito Santo. Eles estavam à disposição pra quem se dispusesse a recebê-los. Era a primeira vez que um padre da igreja católica falava aquelas coisas. Eu me entusiasmei e comecei a frequentar as reuniões. A missa era diferente, as músicas, as orações, os louvores. Putz, era tudo que eu queria. Viver a religião católica com um fervor e uma paixão que eu nunca tinha visto. Quando vi aquele bando de malucos falando línguas estranhas e impondo as mãos pra curar as pessoas, eu vibrei. Achei a minha turma. Isso foi em 76. Eu já era casada mas ainda não tinha a Gabi. O Pedro também foi comigo. Nessa época, nós éramos o exemplo do casal católico que pregava o Evangelho e fazia da sua vida um testemunho vivo da palavra de Deus.

Nós dois casamos virgens e dispostos a ter quantos filhos Deus nos mandasse. Meu sonho era voltar grávida da lua de mel. Pra minha tristeza, isso só foi acontecer dois anos depois. Eu ia pra tudo que é médico, fazia mil tratamentos, tentava de todo jeito que me ensinavam e nada. Sem filho, a sagrada família estava ameaçada e jamais seria perfeita. Esse foi mais um dos motivos que eu fui ao padre Haroldo. Eu queria o milagre da gravidez e rezava fervorosamente pra isso.

Hoje eu sei que a neura pra ficar grávida tinha a ver com o fato de eu saber que meu casamento andava mal das pernas. O casamento perfeito celebrado por quatro padres com toda a pompa e circunstância começava a apresentar as primeiras rachaduras. E agora? O que fazer? Desquitar? Nunca! Eu tinha jurado amar e ser fiel ao meu marido até à morte. O jeito era ter logo esses filhos pra ver se as coisas melhoravam.

A essa altura eu já tinha me dado conta de que eu e o Pedro éramos pessoas totalmente diferentes. Um dia eu acordei, olhei pro lado e me perguntei: quem é esse cara? O que ele tá fazendo na minha cama? Mas tudo isso foi esquecido quando enfim veio a boa-nova: eu estava grávida.

Passei nove meses curtindo a chegada do Rafael, arrumando o quartinho dele, preparando o enxoval, conversando com ele na minha barriga.

Nessa época eu trabalhava na Praça da Sé. Tinha entrado na Caixa há menos de um ano. Foi começar a trabalhar e eu engravidei. A agência da avenida Paulista ainda nem tinha sido inaugurada. Eu ia pra cidade todo dia, de ônibus, com aquele puta barrigão. No final, o Pedro atravessava a cidade pra me levar e buscar de carro.

A última moda em parto naquele momento era o parto Leboyer. Nascer sorrindo. O meu médico era totalmente a favor desse método. Só que no meu caso não foi nascer sorrindo mas parir chorando.

As dores começaram à meia-noite de um dia e a Gabi, que não era Rafael porra nenhuma, só foi nascer às 7 da noite do dia seguinte. Eu passei quase 18 horas com dores insuportáveis. Eu urrava e ninguém fazia nada. "A criança deve nascer quando ela quiser." No final, quando ela começou a correr perigo, eles tiveram que tirá-la a fórceps. Ela era imensa e tava com preguiça de nascer.

Eu nem acreditei quando me disseram que era menina. Era tudo que eu mais queria. Eu tinha tanto medo de que não fosse que inventei que era menino só pra não ficar frustrada na hora. Mas meu sonho dourado era ter uma menina. Às 7 da noite do dia 26 de outubro de 78 minha filha nasceu linda, perfeita e preguiçosa, como, aliás, continua até hoje. Eu saí da maternidade jurando que nunca mais teria filho. E não tive mesmo. Essa história que dor de parto a gente esquece é mentira. Eu nunca esqueci.

Como comigo tudo é complicado, passado o parto me deu uma depressão horrorosa que eu não sabia de onde vinha. Eu olhava pra Gabi e pensava: "Eu não quero essa menina. Eu vou jogar ela pela janela. Eu quero que ela morra". Eu achava que tava ficando louca. Se ter filho era o que eu mais queria, se eu estava nos braços com a menina mais linda do mundo, que raio de sentimento era aquele que eu não sabia de onde vinha? Muito tempo depois, quando se começou a falar em depressão pós-parto, é que eu soube o que eu tive. É a coisa mais horrorosa do mundo. Você quer matar a criatura que você mais ama na vida. Eu pensava: "Se eu jogar ela pela janela eu vou presa um tempo e depois me soltam. É melhor do que ficar nessa prisão perpétua que é a maternidade". Tem muita mulher que nessa hora acaba mesmo matando a criança. Graças a Deus eu não cheguei nesse ponto. Logo tudo isso passou e eu pude curtir minha Gabizinha feliz da vida. Quando ela fez um aninho eu falei pro Pedro que queria me separar. A gente já tinha conversado a respeito mas eu disse que agora era pra valer e pedi pra ele sair de casa.

Imagina o susto da família, dos amigos, do pessoal do Emaús. Num dia a gente era o casal perfeito, no outro tava se separando. Eu fui agredida de tudo que é lado. Não tinha mais um amigo, ninguém vinha na minha casa nem olhava pra minha cara. A começar pela minha própria família. Eu não tava nem aí. Vão se foder. Eu é que não vou sacrificar a minha vida pra atender às expectativas de vocês. Afinal, eu tenho só 30 anos mas já tenho 30 anos. Dei bye bye pra todo mundo e me mandei.

Assim que o Pedro saiu de casa eu arranjei uma babá pra Gabi e comprei um Karmann Ghia vermelho. Nessa época eu ganhava superbem. Tanto é que liberei o Pedro de toda e qualquer pensão. Eu só queria a minha liberdade.

O point da cidade era o Bexiga. Eu morava ali do lado, na Barata Ribeiro. À noite, eu punha a Gabi na cama, pegava meu Karmann Ghia vermelho e caía na vida. As ruas do Bexiga tavam lotadas de artistas, intelectuais, as pessoas mais malucas e interessantes da cidade. Eu tirei o atraso. Em menos de um ano tinha transado com mais de dez caras diferentes.

Foi aí que eu comecei a encarar seriamente a carreira de escritora. Datilografei todos os meus contos e poesias, coloquei tudo numas pastas, tirei xérox e mandei pra um monte de editoras e concursos. Eu tava a fim de levar isso a sério pra valer.

Mas eu falei tudo isso por causa do padre Haroldo. Eu tava contando da tarde que eu vi ele na televisão falando da Renovação Carismática do mesmo jeitinho, com o mesmo sotaque. Parecia que o tempo não tinha passado. Tomei nota do endereço que ele deu e fui atrás. Uma viagem no tempo. Os mesmos cânticos, os mesmos louvores, a mesma catarse. Passei a ir toda semana. Chorava feito um bezerro desmamado. Era sempre a primeira a chegar, fazia vigília a noite inteira, aos domingos ia ao Hospital das Clínicas orar pelos doentes.

Só que o tempo tinha passado, minha cabeça tinha mudado e eu não conseguia mais conviver com aquelas pessoas sem crítica. Por mais que eu quisesse não tinha como ignorar que eles eram um bando de reacionários, preconceituosos, intolerantes, prontos pra me mandar pro inferno no primeiro deslize. Por mais que eu gostasse daquela espiritualidade, não tinha como compartilhar minha vida com aquelas pessoas. Eles jamais me aceitariam como eu era e eu não tava disposta a abrir mão disso por nada do mundo. Abandonei o grupo e vim pra casa rezar sozinha. Essa história de confundir religião com babaquice não tá com nada.

Aí o jeito foi apelar pros remédios. Pedi pro Caio e ele me deu uns antidepressivos que melhoraram meu estado de espírito mas me deixaram totalmente aérea, fora de mim.

Foi quando me lembrei da Lígia, uma amiga da minha irmã, que fazia análise com um psiquiatra de quem ela vivia falando maravilhas. Eu queria um psiquiatra de verdade, psicanalista com divã e tudo. Agora ou vai ou racha. Ela me deu o telefone do Camilo e eu fui. Comecei a análise dia 25 de março e nunca mais parei. Duas vezes por semana, religiosamente, eu deito minha cabecinha naquele divã abençoado e deixo o Camilo fazer o que quiser comigo. O cara tá me pondo em pé de novo. Graças a ele, eu saí da pasmaceira que tava vivendo e tô voltando à vida. Sem um remédio. Não sei como pude perder tanto tempo e dinheiro com tanta terapia que nunca resolveu porra nenhuma.

O Camilo é tão ortodoxo que nem recepcionista ele tem. Cada paciente tem a chave do consultório. Você abre a porta e senta na sala de espera. Daí a pouco ele vem e te chama. Depois da consulta, você sai por uma outra porta e nem vê quem tá na sala de espera. É o máximo da privacidade, né? Eu tô completamente apaixonada por ele mas tudo bem porque isso faz parte do processo. A Gabi também continua firme na Iudo. A gente pode ficar sem comer, mas sem terapia, never. Graças ao Camilo eu tô trabalhando na Prefeitura e me sustentando.

Eu tinha prestado concurso no ano passado mas tinha esquecido completamente o assunto. Um dia, uma amiga da minha mãe liga pra loja perguntando se ela tava sabendo que eu tava sendo chamada pela terceira e última vez pra assumir o cargo. Se não comparecesse no dia seguinte a tal hora em tal lugar, perderia a vaga. Por obra e graça do Espírito Santo essa mulher que nem me conhecia leu o meu nome no Diário Oficial e teve a luz de ligar pra minha mãe. Esse foi o primeiro milagre que aconteceu em relação a esse emprego.

Nesse dia eu fui ao Camilo e contei pra ele o que tinha acontecido, que eu tinha que me apresentar no dia seguinte e não tava com a menor vontade de aceitar esse emprego. Ele falou um monte. Quando tem que falar, ele fala mesmo. Disse que era a minha chance de sair da casa dos meus pais e conseguir minha independência, que eu não podia deixar passar essa oportunidade etc. etc. No dia seguinte eu catei meus documentos e fui ao departamento de pessoal da Prefeitura.

Aí aconteceu o segundo milagre. O edital dizia que a data de validação do diploma tinha que ser anterior à data da publicação do edital. Você não poderia ter prestado o concurso sem ter concluído oficialmente a faculdade. Eu gelei. Fodeu. Eu terminei a faculdade em julho mas só peguei o diploma no fim do ano. Vai saber a data que tava na porra do diploma. Entreguei pra mulher sem nem olhar, de tanto medo. Ela pegou, olhou a data e falou:

— Que sorte a sua. Seu diploma foi validado um dia antes da divulgação do edital.

Não foi uma semana nem um mês antes. Um dia! Tava provado que esse emprego era pra ser meu. Deus deve ter olhado pra mim e pensado: "Eu vou dar um emprego pra essa coitada pra ela poder continuar escrevendo os contos dela sem se preocupar. A única coisa que ela tem que fazer é ir todos os dias à Secretaria da Assistência Social do Campo Limpo e atender os pobres, famintos e favelados, os homens de rua, os menores abandonados e infratores da região, distribuir cesta básica, colchão, cobertor, arranjar abrigo pros desabrigados e ver o que é a pobreza de perto. Topa?". Eu não tive outro jeito. Por mim, ficaria no meu casulo pra sempre, bordando e vendo televisão. Até porque nem problema de grana eu tinha mais. Depois que o Pedro morreu, o salário dele vinha inteirinho pra Gabi. Veja a ironia. Ele passou a vida brigando por causa de dinheiro e agora todo dia 30 eu ia ao Banco do Brasil e pegava tudo pra mim. Mas o Camilo me fez levantar a bunda da cadeira e tratar da vida. Ele me fez ver que ninguém tem o emprego que quer. As pessoas trabalham onde dá e muitas detestam o que fazem. E daí? A vida é dura pra todo mundo e dinheiro não cai do céu. Ou você aprende a conviver com isso ou vira um Charles na vida, vivendo às custas dos outros e se acabando na bebida. Eu tive uma segunda chance e não podia desperdiçar. Pelo contrário, tenho mais é que agradecer. Um emprego desse na minha idade, onde eu não corro o risco de ser mandada embora, mais que uma bênção, é um milagre.

O trabalho é tranquilo. Nem trânsito eu enfrento. Em meia hora tô lá. O problema é a clientela que bate na porta o dia inteiro. Quando chove, então, é pior ainda. Você tem que ir pra favela socorrer gente que perdeu tudo, não tem mais onde morar. A primeira vez eu quase desmaiei. Tive que sentar na porta de um barraco e tomar água pra melhorar. Minha chefe ficou apavorada e veio perguntar se eu tinha algum problema. "Todos", respondi. "Prepare-se. Isso é só o começo", ela me disse. Eu ficava me lembrando da Caixa Econômica, daquele puta prédio na avenida Paulista, daquelas pessoas bonitas e cheirosas e não entendia como eu tinha ido parar naquele lugar. O negócio é rezar pra aposentadoria chegar o mais rápido possível. Daqui não saio, daqui ninguém me tira.

Eu trabalho praticamente só com mulheres. Um bando de petistas militantes, ideológicas, dessas que falam grosso e batem o pau na mesa. A maioria é da própria região e tem um passado de luta e compromisso com a comunidade. A minha chefe é a mais moderninha. Ela é uma moça jovem, bonita, casada com um jornalista muito legal. Nós ficamos superamigas, ela vem sempre aqui, eu vou na casa dela. Sábado geralmente eu vou pra lá e fico até altas horas bebendo e batendo papo. A casa vive cheia de jornalistas e intelectuais. É um barato. Passamos a noite em altas discussões e gargalhadas. Eu na cerveja, eles na maconha e cocaína. O pessoal é bem moderninho.

Eu quase não vi o Charles este ano. No final do ano passado, a Tereza teve um derrame e ficou muito mal. Passou por uma cirurgia de mais de oito horas, coisa seríssima. Como o Pedro tava no hospital, ele não pôde contar comigo e chamou o Mauro pra ficar com ele. De vez em quando, ele me ligava bêbado e a gente quebrava altos paus. Um dia eu fiquei tão puta que peguei o carro e fui até lá. O Mauro veio atender e disse que o Charles tava dormindo. Eu sabia que era mentira mas nem insisti. Tirei uma pulseira de prata que o Charles tinha me dado que eu nunca tirava do pulso e mandei ele entregar pro Charles. "Fala pra ele me esquecer de uma vez por todas." Se eu contasse as vezes que eu falei isso na vida, acha que dava mais de um milhão. Depois disso, ele nunca mais ligou.

O Caio casou no mês passado. Um casamento chiquérrimo com missa, festa, bolo e lua de mel no Caribe. A Gilda tava linda. O vestido tinha uma cauda de três metros.

O Guto se comportou muito bem tanto na igreja quanto na recepção. No final da festa ele chegou pra mim e falou:

— Adivinha quem vai me levar pra casa?

Eu arregalei os olhos com medo do que viria a seguir.

— O padre que fez o casamento.

— O quê? — eu disse caindo na gargalhada.

Era isso mesmo. Depois da igreja, o padre foi pra festa e ficou na maior paquera com o Guto. Lá pelas tantas, os dois combinaram e foram embora juntos. Estão juntos até hoje. Outro dia o Guto foi com ele pro Rio e ficou hospedado no mosteiro da congregação. Isso que é vingança engenhosa, fala a verdade.

Vou parar por aqui porque tá me dando fome e eu vou fazer outro sanduíche. A novela começou, terminou e eu não parei de falar. Um beijo a todos, fiquem com Deus e até o ano que vem.

FITA NÚMERO 9 - 1992

Hoje é dia 29 de dezembro de 1992. Aliás, minto, já é dia 30 porque passa da meia-noite. Eu tô completamente bêbada mas vou gravar a fita de fim de ano assim mesmo porque preciso fazer alguma coisa pra me acalmar.

Eu já bebi pra caramba, já chorei pra caramba e agora resolvi falar comigo mesma pra ver se, me ouvindo, eu entendo o que se passa comigo.

Eu ainda tô sob impacto de uma tragédia que aconteceu e me pirou totalmente. Aliás, não só eu como o Brasil inteiro. Desde ontem só se fala na morte da Daniela Perez, filha da Glória Perez, assassinada barbaramente pelo Guilherme de Pádua, o ator que fazia par romântico com ela na novela escrita pela mãe dela. Nem o mais sórdido autor imaginaria um final desse pra novela. A Daniela fazia o papel de Yasmin e o Guilherme, do Bira, o namoradinho ciumento e revoltado da Yasmin. De repente, num domingo à noite eles saem juntos do Projac, cada um no seu carro. Aí, ninguém sabe por que, ela passa pro carro dele, os dois vão prum matagal e ele mata ela com dezessete tesouradas. Assim que saiu a notícia que ela tinha sido encontrada morta, ele ainda teve a cara de pau de ir à delegacia prestar solidariedade à mãe, dizer que sentia muito, etc. etc. O cara é um psicopata. Só uma pessoa muito doente é capaz de fazer uma coisa dessa. No mínimo eles deviam estar de caso, ela não queria saber mais dele, ele confundiu ficção com realidade e matou a menina com dezessete tesouradas. Milhões de telespectadores acompanhavam o namoro deles diariamente pela televisão, mas a cena final só teve os dois por testemunha.

Ontem à tarde eu tava estudando, a Marta me ligou convidando pra assistir *A dupla vida de Veronique*. De lá a gente ia comer qualquer coisa, bater papo. Fazia tempo que a gente não se via. Eu me preparei pra uma tarde amena com cineminha, chopp e conversa fiada. Só que, assim que a gente entrou no cinema, ela virou pra mim e perguntou se eu tava sabendo do assassinato.

— Que assassinato?

— Da Yasmin da novela.

— Não tô sabendo não. Não tenho visto a novela — pensando que se tratava de algo que tinha acontecido na trama da novela. Eu ainda perguntei: — Foi o Bira que matou?

— Foi. Ele matou ela de verdade.

— Como assim, "de verdade"?

— O ator Guilherme de Pádua matou a Daniela Perez na vida real.

Eu quase tive uma síncope.

Ela não pode continuar contando porque o filme tava começando e as pessoas mandaram a gente calar a boca. Não consegui prestar atenção em mais nada. Assim que terminou, pedi pra ela me trazer pra casa, sentei na frente da televisão, abri um uísque que tinha ganho no natal e tô aqui, abobalhada frente a essa notícia absurda. Uma menina linda, cheia de sonhos, com a vida inteira pela frente, morrer desse jeito nas mãos de um canalha.

E o pior e que mais me assusta é saber que eu seria capaz de fazer isso que ele fez, enfiar a tesoura dezessete vezes no corpo de alguém por quem eu tô apaixonada e não me quer. Fico pensando em todas as vezes que eu só não fiz isso porque não tinha uma tesoura no porta-luvas. A paixão faz essas coisas com as pessoas. Esse é o fim dos que amam sem medida. Ninguém sabe o perigo que tá correndo.

Meu quarto tá uma bagunça de dar medo, o fiel retrato do estado que se encontra a minha cabeça. À direita um prato de azeitonas temperadas, à esquerda a garrafa de uísque, um pouco mais à direita o aparelho de som com discos e cds espalhados pelo chão, à minha frente a televisão mostrando as imagens da morte da Daniela, o corpo coberto por jornal, o depoimento do delegado, da mãe, dos amigos, aos meus pés o Barão e a Princesa dormindo feito dois anjos, nem aí pro que tá acontecendo. De vez em quando o Barão abre um olho pra ver se eu tô bem. Eu não tô mas ele acha que eu tô e continua dormindo. A Princesa nem se dá ao trabalho. Ela sabe que eu bebo, choro mas não saio por aí dando tesourada nas pessoas. Por enquanto.

No natal eu me dei um aparelho de cd de presente. Minha mais nova paixão. O som é perfeito, cd é muito mais prático, não suja, não risca. Uma puta invenção. Eu ainda tenho poucos mas pretendo trocar todos os meus discos por cd. A Gabi tem três: o da Xuxa, o do *Dança comigo*, que ela ouve sem parar, e o do Edson Cordeiro, que ela ama de paixão. Outro dia ela e a Ju foram ao show dele, pegaram autógrafo, voltaram na maior alegria. Ai de quem disser que ele é gay. Elas ficam furiosas. "Imagina! Ele até me paquerou."

Agora pouco eu tava lembrando de uma frase que eu li num livro do Adorno: "Na ética amorosa, aquele que reclama está sempre sem razão". Sacou? É o seguinte: num relacionamento amoroso o erro é sempre seu, então para de reclamar porque você nunca vai ter razão. Ficou bravo? Tá frustrado? Tira a cueca e pisa em cima. Ou deita na cama e morde o travesseiro. Se vira, meu. Mas não sai por aí dando tesourada no objeto da sua paixão, por favor.

Outro dia o Charles me ligou dizendo que eu era a pessoa que ele mais amava no mundo, a mulher da vida dele, que ele nunca amou ninguém como me ama. Fez uma puta declaração e desligou. Um minuto depois ligou de novo dizendo que tinha mentido.

— Eu não te amo. Eu não sou capaz de amar ninguém. Eu te adoro, te idolatro, sou louco por você, mas não te amo.

Provavelmente foi a coisa mais sincera que ele me disse até hoje.

Daqui um mês eu vou prestar exame pra pós de novo. Pra Sociologia. Dessa vez tô me preparando pra valer, sendo orientada direitinho, tudo como deve ser. Se bem que hoje minha vontade é mandar tudo à merda e nunca mais botar os pés naquela bosta. Tô de saco cheio daquele povo que só fala, fala e não faz nada que preste. Só vou fazer esse exame pras pessoas pararem de me encher o saco. Minha mãe, o Camilo, meus amigos e até a Gabi não vão me dar sossego enquanto eu não entrar nessa porra de mestrado. Eles acham que se eu tiver bastante livro pra ler, bastante trabalho pra fazer e mantiver minha cabeça bem ocupada, meus problemas desaparecerão. Quanto mais eu ocupo meus neurônios, menos bobagens eu faço. Nada de ficar ouvindo música de perna pra cima, vendo televisão, brincando com os cachorros. "Seu negócio é botar a cabeça pra funcionar."

O Camilo diz que sou eu mesma que tô vendo as coisas dessa forma. "Pra você, a USP é uma camisa de força onde você se protege dos perigos da vida. Do que você tem medo?", ele pergunta com a cara mais cínica do mundo. E por mais que eu diga que eu odeio a USP, que eu não gosto do povo da USP, que eu não nasci pra carreira acadêmica, ninguém acredita em mim. Eu quero mais é ver televisão, bordar meus tapetes, escrever contos, pintar, trepar, beber, brincar com meus cachorros. É isso que eu quero. Mas ninguém deixa.

Será mesmo que a USP é uma camisa de força que eu uso pra não sair dando tesourada por aí?

Depois do pau que levei no ano passado, eu tinha abandonado completamente a ideia de fazer mestrado. Um dia fui assistir uma palestra na PUC e encontrei o Bruni, aquele professor maravilhoso que tinha dado o curso sobre Nietzsche. Assim que terminou a palestra, a gente se abraçou na maior alegria e fomos tomar café. Ele perguntou o que eu tava fazendo, eu contei que tinha sido reprovada no exame da pós, ele quis saber sobre o que era o meu projeto.

Quando eu falei, ele pirou. Ficou totalmente histérico.

— Você tem que fazer essa pesquisa de todo jeito. Esse projeto é maravilhoso! Presta na Sociologia que eu te oriento com o maior prazer.

Ele não tem nada a ver com o candomblé mas tinha a mesma curiosidade que eu. "Como esses caras conseguem?" Achou o maior barato. Eu me empolguei com a empolgação dele e comecei tudo de novo. Li um monte de livros, escrevi o pré-projeto, tô estudando inglês. Dessa vez acho que vai dar. Até porque neste ano minha vida tá muito mais sossegada, tá dando pra fazer as coisas direito. No ano passado, além de mal orientada eu tava com milhões de coisas me perturbando. Tudo bem que hoje eu despiroquei, mas foi por causa da morte dessa menina. Amanhã eu vou estar melhor, tenho certeza.

O Charles tá morando de novo em São Paulo mas a gente quase não tem se visto. Ele tá morando com o Juca, o novo namorado dele.

No final do ano passado o pai da Tereza morreu e deixou o consultório pra ela. Ela mudou pra São Paulo pra tomar conta do negócio do pai e trouxe o Charles com ela. Ele ficava no consultório das nove da manhã às oito da noite ajudando, tirando radiografia etc. Nessa época ele ainda vinha pra cá de vez em quando, a gente passava o sábado ou o domingo juntos, saía pra jantar mas sem grandes loucuras.

Em julho ele foi pra Suíça comprar um aparelho de última geração pro consultório. Passou uma semana em Genebra e depois foi pra Holanda, na casa de um amigo dele que ele conhecia aqui do Brasil. O cara tinha sido namorado de um amigo dele. O tal amigo morreu de aids mas eles continuaram amigos. Foi só escrever pro Piotr dizendo que tava indo e o cara não só abriu a casa pra hospedá-lo como rodou com ele de carro pela Europa inteira. Eles foram pra Itália, França, Inglaterra, Espanha. Até as Olimpíadas em Madri eles assistiram. O Charles conheceu a Europa num baita carrão com um motorista particular que nas horas vagas ainda dava o cu pra ele.

Horas antes dele viajar, a gente se encontrou numa lanchonete perto da casa dele pra se despedir. Eu tava supertriste. Bem ou mal, eu sabia que se precisasse era só telefonar que ele tava aqui. Como eu ia sobreviver com ele lá do outro lado do mundo?

O Charles também não tava nem um pouco animado com a viagem. "Só vou porque a Tereza tá me obrigando. Ela é minha patroa. Mandou, eu tenho que ir." Depois de muitos pedidos, "vê se me escreve, hein?", "se der, me liga", "vai mandando notícias", nos despedimos entre beijos e lágrimas.

— Comporte-se.
— Você também.

Às dez da noite, eu já tava deitada, o telefone tocou.

— Oi, sou eu. Perdi o voo, perdi a viagem. Tô no Boca da Noite. Vem me buscar.

Que alegria! Ele desistiu de tudo por minha causa. Mandou o emprego à merda, a mulher à puta que pariu e resolveu ficar comigo. Pulei da cama com o coração a mil por hora, vesti a primeira roupa que encontrei e voei pro

Boca. Fui do Butantã ao Bexiga em dezesseis minutos. Foi meu recorde. O bar inteiro parou pra ver o nosso encontro. Abraços, beijos, pulos de alegria, lágrimas de felicidade.

— E eu lá sou homem de ir pra Europa buscar equipamento? — ele dizia erguendo mais um brinde — A Tereza que mande outro panaca no meu lugar.

Depois que eu saí da lanchonete, ele continuou lá, bebendo. Chegou em casa atrasadíssimo. A Tereza tava esperando com as malas no carro. Daí ele inventou de pegar não sei o quê, daí ele inventou de tomar banho, daí ele inventou de comer, daí ele fez ela parar em três padarias a caminho do aeroporto. Chegou lá o avião já tinha partido há muito tempo. Ela ficou putíssima mas não tinha o que fazer. Botou as malas de novo no carro e voltou pra São Paulo. No meio do caminho ele pediu pra ela parar o carro que ele ia ao Boca da Noite. Era lá que ele estava, foi de lá que ele me ligou pra gente comemorar. Bebemos e conversamos até às cinco da manhã. Ele dormiu aqui em casa. No dia seguinte, eu tô na cozinha fazendo café, escuto ele no telefone. Daí a pouco ele aparece de cueca, com a cara toda amassada.

— A Tereza já remarcou minha passagem. Eu embarco hoje às seis da tarde. Você me leva no aeroporto?

Então era isso. Ele simplesmente tinha adiado a viagem pra tomar mais uma comigo mas o compromisso dele com a Tereza, com a compra do equipamento, com a porra da viagem continuava tão firme quanto antes. Eu não sabia se ficava puta ou lisonjeada. Afinal, ele adiou a viagem pra ficar mais uma noite comigo, foi comigo que ele quis beber a última dose, era comigo que ele queria ir pro aeroporto. "Só me sinto seguro com você por perto." Do outro lado da porta de vidro, eu pedia: "Me escreve. Me manda cartão-postal. Não me deixa sem notícia", sem que ele me ouvisse.

Cheguei a fazer duas ligações internacionais. Gastei uma fortuna pra saber que ele tava ótimo, adorando a viagem, indo a lugares maravilhosos, comendo do bom e do melhor, tomando os porres de sempre.

— Ontem eu extrapolei, briguei com o Piotr e acabei quebrando uma porta de vidro que dá pro jardim. Cortei minhas costas inteiras. Tô que não me aguento de dor.

Juro que eu ainda me preocupei se ele ia cuidar desses ferimentos.

Depois de um mês e pouco, uma noite toca o telefone de novo: "Oi, cheguei, tô no Boca da Noite. Vem pra cá". Eu me vesti e fui. Dessa vez sem tanta pressa. Quando cheguei, ele contava as novidades da viagem pra uma mesa cheia de gente e todos morriam de rir das trapalhadas que ele fez no velho mundo. Sentei ali perto e fiquei ouvindo. Ao lado dele tinha um rapaz bonitão a quem ele se dirigia especialmente. Deve ser o novo namorado, pensei. O Mauro tinha morrido há menos de um ano, de aids. Daí a pouco ele me chamou pra mesa dele e fez questão de me apresentar: "Esse é o Juca, um amigo meu". Eu tomei dois chopps e fui pra casa ver televisão que eu ganhava mais.

O trabalho com a Tereza não durou muito. No primeiro porre, ele mandou o emprego à merda e saiu de casa. O

Juca morava sozinho no Brooklin. Foi pra lá que ele foi. É lá que ele tá até hoje.

Outro dia me convidou pra jantar lá. "Você vai gostar do Juca. Acho que dessa vez eu encontrei a pessoa certa." Pode até ser. Mas a cada porre ele me liga dizendo que me ama, que eu sou o grande e único amor da vida dele.

Esse ano eu me apaixonei por outra pessoa. Um ex-hippie quarentão, barbudo, simpático, inteligente, bom papo que foi parar no Campo Limpo, na mesa ao lado da minha. Depois de trabalhar dois anos só com mulheres, receber um colega desse foi uma sorte grande. Ele se sentindo sozinho naquele fim de mundo, eu me sentindo sozinha, a gente saía quase todo dia e bebia até meia-noite. O cara é casado, pai de duas filhas, me adora mas não quer nada comigo. O velho papo do "nossa amizade vale mais do que qualquer trepada. Quero ser seu amigo pra sempre". Eu me declaro, escrevo cartas apaixonadas, faço contos pra ele e ele nada. Não que ele seja um santo. Ele vive traindo a mulher dele por aí, mas só com menininhas novinhas e gostosinhas. Um cuzão, isso que ele é.

São 2 da manhã. Eu tô falando desde a meia-noite sem parar. Meu copo tá todo ensebado. Acho que bati as cinzas do cigarro nele sem querer.

O pior é que o Camilo tá de férias e amanhã eu não vou ter com quem falar. Se ao menos a empregada tivesse acordada, eu conversaria com ela.

Ela entrou há poucos dias e deve estar achando que eu sou completamente louca. Uma patroa que passa o dia inteiro no quarto fumando, bebendo, ouvindo música e falando sozinha. A loja tá fechada e só abre no ano que vem. A Gabi tá na casa da avó. A coitada não tem casa pra arrumar, não tem roupa pra lavar nem comida pra fazer. O máximo que eu peço é gelo pro uísque. De vez em quando vou na cozinha, pego um cacho de uva, um punhado de azeitona e volto pro quarto. Ela assiste televisão o dia inteiro. É o emprego que ela pediu a Deus. Quando ela entrou, eu abracei o Barão e falei:

— Esse é o meu namorado. Se você fizer qualquer coisa pra ele, eu te mato — ela deu risada pensando que fosse brincadeira.

Ele continua dormindo em cima do meu pé. De vez em quando vem me dar um cheiro e uma lambida no microfone. Esses barulhos estranhos que vocês tão ouvindo é a língua do Barão no microfone. A Princesa tá dormindo no meu travesseiro. É incrível como nós duas somos parecidas. Até no jeito de dormir. Ela dorme com a pata debaixo do travesseiro, igualzinha a mim. Não sei o que seria da minha vida sem esses cachorros. Isto sim é amor de verdade. Esses dois nunca me decepcionam. Eles não dizem que vão ligar e não ligam, que vão vir aqui e não vêm, que me amam e trepam com outra na primeira esquina. Eles são capazes de matar se alguém me fizer algum mal. Pena que nunca estão acordados quando isso acontece.

O uísque tá acabando e o sono não vem. Se eu não dormir nos próximos cinco minutos vou começar a cometer loucuras.

Vocês acreditam que os senadores ainda tão votando a cassação do Collor? Eles passaram a noite nessa papagaiada.

Tô vendo pela televisão. Quando o Collor viu que seria empichado, resolveu renunciar pra garantir a volta à política no futuro. Já pensou? Que Deus nos livre dessa maldição. Nosso presidente agora é o Itamar Franco, acredite se quiser.

Esse quarto tá dando nojo. Tem bituca de cigarro, copo sujo, caroço de azeitona, capa de disco, cd pra todo lado. Eu tô ouvindo *Vingança* pela terceira vez.

Mas enquanto houver força em meu peito
Eu não quero mais nada
Só vingança, vingança, vingança
Aos santos clamar

A empregada deve estar morta de medo: "De quem será que essa mulher tanto quer se vingar? Acho melhor eu ir embora antes que ela saia de lá com uma faca e corte o meu pescoço".

Preciso dormir. Tô ficando desesperada. Uísque e azeitona não adiantam nada nesse caso.

O Charles foi passar o natal em Ubatuba com o Juca e me disse que ligava quando voltasse pra gente passar o réveillon juntos. Só que hoje é dia 30 e até agora ele não deu sinal de vida. Nem deve lembrar que me ligou. Foda-se. Um dia ele vai ter saudade do meu amor. Um dia eu vou esquecer dele mas ele nunca vai se esquecer de mim. Pelo resto da vida ele vai se lembrar do tempo que foi amado por uma mulher que era capaz de matar e morrer por ele. E vai sentir muita falta desse amor, tenho certeza.

Vou desligar. Tchau.

*Meu agradecimento comovido
à Bebel e Andréa del Fuego*

Este livro foi composto em Chaparral pela *Iluminuras* e terminou de ser impresso no dia 06 de janeiro de 2010 nas oficinas da *Graphium Gráfica*, em *São Paulo*, SP, em papel Pólen 70 g.